U0473530

MEDIO
SIGLO CON
BORGES

略萨
谈
博尔赫斯

与博尔赫斯在一起的半个世纪

〔秘鲁〕马里奥·巴尔加斯·略萨 著

侯健 译

人民文学出版社
PEOPLE'S LITERATURE PUBLISHING HOUSE

著作权合同登记号　图字 01-2021-6828

Mario Vargas Llosa
Medio siglo con Borges

Copyright © MARIO VARGAS LLOSA，2020.
Simplified Chinese translation copyright © 2022 by Shanghai 99 Readers' Culture Co.，Ltd.
All rights reserved.

图书在版编目(CIP)数据

略萨谈博尔赫斯：与博尔赫斯在一起的半个世纪/
(秘)马里奥·巴尔加斯·略萨著；侯健译. — 北京：
人民文学出版社，2022(2024.4 重印)
ISBN 978-7-02-017368-6

Ⅰ.①略… Ⅱ.①马… ②侯… Ⅲ.①博尔赫斯(Borges, Jorge Luis 1899－1986)-文学研究　Ⅳ.
①I783.065

中国版本图书馆 CIP 数据核字(2022)第 139951 号

责任编辑　卜艳冰　周　展
封面设计　钱　珺

出版发行　人民文学出版社
社　　址　北京市朝内大街 166 号
邮政编码　100705

印　　制　凸版艺彩(东莞)印刷有限公司
经　　销　全国新华书店等

开　　本　889 毫米×1194 毫米　1/32
印　　张　3.625
字　　数　63 千字
版　　次　2022 年 9 月北京第 1 版
印　　次　2024 年 4 月第 3 次印刷

书　　号　978-7-02-017368-6
定　　价　50.00 元

如有印装质量问题，请与本社图书销售中心调换。电话：010－65233595

目录

博尔赫斯或玩偶之家　001

与博尔赫斯在一起的半个世纪　005

博尔赫斯访谈　007

家中的博尔赫斯　015

家中的博尔赫斯：访谈　022

博尔赫斯的虚构　042

博尔赫斯在巴黎　063

博尔赫斯与政治　071

奥内蒂与博尔赫斯　082

女人堆中的博尔赫斯　089

气球之旅　096

译后记　103

文章来源　110

博尔赫斯或玩偶之家

青年时

他错误投身极端派

后成为本土主义诗人，

布市①人，爱雕琢，爱国狂，

多愁善感。

为一本女性刊物

撰写异域恶棍的故事，

自此跻身经典

（天才，不朽）。

他将自己的房屋、

人生，

以玩偶填充：

---

① 即布宜诺斯艾利斯。

他以文字创造维京人、

日耳曼人,

活用芝诺悖论

和《一千零一夜》,

利用节奏、重复、妙想

和时间的诡计:

向前,向后,停滞,

来融合叔本华

和史蒂文森。

他的玩偶之家中

总是充满

精妙奇物:

老虎,镜子,刀剑,

迷宫,

流氓,刀客,

高乔人,玄幻梦,二重身,

骑手与

无性幽灵。

长篇小说难以容下

他过量的才华,

于是它们分裂成一篇篇

奇特、睿智、冰冷、
如圆环般完美的
短篇小说。
无限的阅读，
想象力与诡计
在暗中交织，
缓慢的乌龟
总能战胜脚踵脆弱的阿喀琉斯
赢得赛跑。
他把满是喧哗与骚动
纷乱复杂的西班牙语，
变成了一门简洁、准确、
精美、有力的
清教徒般的语言。
他创造了一种行文风格，
思想的数量
和文字一样多。
用生活来阅读，用阅读来生活，
都是一回事。
因为真实人生中的一切
都令他反感，

尤其是性爱与

庇隆主义。

他是个有些无政府主义倾向的

贫穷贵族，

是个保守主义者，

是个痴迷宗教的

不可知论者，

是个博学、

擅诡辩、爱游戏的

知识分子。

加加减减，

总而言之：

他是那个时代

最敏锐、最优雅的作家。

同时，

可能，

还配得上另一种奇怪的身份：

一个善良的凡人。

佛罗伦萨，二〇一四年六月四日

与博尔赫斯在一起的半个世纪

这本集子里收录了我半个多世纪以来针对博尔赫斯而写的文章、书评、演讲稿和采访稿，我最早是在上世纪五十年代的利马读到他的短篇小说和散文的，自那以后，他的文字为我提供了源源不断的智识乐趣。我不断重读他的作品，和其他许多在我的青年时期留下印迹的作家不同，他的文学从未让我感到失望；相反，每次重读都能让我感受到新的激情与幸福，让我发现由奇异主题和简洁、优雅文字组成的博尔赫斯文学世界中的新秘密和新细节。

有一种说法认为读者都推崇和自己近似的作家，因为那些作家能够赋予他们的愿望和执念以声音及形体，而我对博尔赫斯作品的热爱则与这种说法相悖。很少有其他作家像博尔赫斯这样，与那些促使我成为作家的"个体魔鬼"[①]距离如此遥远：我是那种立足于现实的作家，我喜欢读的故事也是与我们周围的世界息息相关的故事，或是与过去相关，尤其是过去发生的那些沉重地压在当下现实之上的事件。幻想文学从来就吸引不了我,我最喜欢的作家里也很少有幻想文学作家。那些脱离现实的、以纯智力构思为基础的抽象主题,例如时间、本体或形而上学,一向让我提不起太大的兴趣,相反,那些接地气的主题,例如政治和情爱——博尔赫斯轻视或忽略它们——在我写的东西里却扮演着重要的角色。不过我并不认为这种兴趣和个性方面存在的巨大差异会是我欣赏博尔赫斯才华的障碍。相反,他创造的那个世界的智与美曾帮助我发现了我的文学世界的局限性,他那完美的行文方式也让我意识到我文字的欠缺。因此我不断阅读、重读博尔赫斯,不仅因为阅读这位伟大作家能使我感到亢奋,还因为它能够勾起我某些难以描述的回忆,也因为生自他的想象力和文字风格的那个炫目的世界将永远与我保持距离,所以我才更加崇敬它、享受它。

利马,二〇〇四年二月

---

① 指作家某些挥之不去的个人经历,它们如"魔鬼"般纠缠着作家,只有将它们写出来才能彻底摆脱它们。相关理论参见作者的另一部文学评论作品《加西亚·马尔克斯:弑神者的历史》(*García Márquez: historia de un deicidio*)。——如无特殊说明,本书注释均为译注。

博尔赫斯访谈

巴尔加斯·略萨：抱歉，豪尔赫·路易斯·博尔赫斯，我唯一能想出的开场问题有些俗气：您这次是为何造访法国呢？

豪尔赫·路易斯·博尔赫斯：我受柏林文化自由大会的邀请来参加两场会议。德国政府也向我发出了邀请，离开德国后我又去了荷兰，到了阿姆斯特丹，我早就想去那里看看了。再后来，我的秘书玛利亚·埃丝特·巴斯克斯又和我一道去了英格兰、苏格兰、瑞典和丹麦，现在我来到了巴黎。周六我们就会启程前往马德里，在那里停留一周。再然后就要回国了。这趟旅程共将持续两个多月的时间。

略萨：我听说您在柏林参加了德国作家和拉美作家的座谈活动。能讲讲那次活动给您留下了什么印象吗？

博尔赫斯：在那场座谈中我有机会和很多同行交流，从这点来看活动还算有趣。但是就座谈的结果来说，我认为都是消极的。而且似乎我们的时代要求我们去搞类似的活动，我必须表达我的诧异——还有些忧伤——大家在一场作家间的会议上竟然很少谈论跟文学相关的话题，却一直在谈论政治，说实话，政治话题令我生厌。不过，我当然很感激能受邀参会，因为对于我这样一个经济情况并不宽裕的人来说，这样的活动能让我认识更多我不了解的国家，让不同国家、各个城市的许多难忘的画面贮存到我的记忆中。可是总体看来，我认为如今的文学会议正变得像是另一种形式的旅游，不是吗？当然了，并不是说这种活动就没有一点可取之处。

略萨：最近这些年里，您的作品在法国这边拥有了极大数量的读者。《恶棍列传》[①]和《永恒史》都出版了口袋书版本，在短短几周内就售出了成千上万册。除了《赫尔内》（*L'Herne*）之外，还有另外两本文学刊物也准备推出关于您的作品的专刊。您也知道拉丁美洲高等研究学院不得不在街上摆放扩音器，好让那些没能进报告厅的人也能听到您的讲座。您如何看待这些情况呢？

博尔赫斯：我很惊讶。非常惊讶。想想看，我今年六十五岁，出版了很多书，可是在最开始的时候我是为我自己写书的，或者说只是为了个别几个朋友在写书。我还记得许多年

---

① 一译《世界恶行史》。

前,当我得知我写的《永恒史》在一年内竟然卖出了三十七册的时候,我真是感到既惊讶又高兴。我还曾打算私下感谢每一位购书者,或是向他们私下道歉。三十七个读者是个可以想象的概念,换句话说,他们是三十七个有血有肉的人,他们有个人特征、独特经历、明确住址、婚姻状况,等等。相反,如果一个人的书卖了一千册或两千册,那些购书者就变成了一个抽象的概念,就和一本书都没卖出去时的情况很相似了。回到刚才的话题,我想说的是在法国,人们对我实在是太慷慨了,慷慨到了有失公允的程度。举个例子,我很感激《赫尔内》推出那一期杂志,可同时也让我感觉有些压迫感。我觉得自己配不上如此精细、敏锐、知识水平如此高的关注,而且我要再重复一遍,他们对我太慷慨了。我发现在法国有很多人对我的"作品"(我要给这个词加上引号)了解得比我本人还要深。有时候,在最近这几天里也是一样,不断会有人问我关于这个或那个角色的问题:"为什么约翰·文森特·穆恩在作答之前犹豫了一下?"过了一会儿我才回过神来,发觉约翰·文森特·穆恩是我写的一篇短篇小说[1]的主角,我只能编造一个答案出来,因为我不想承认自己

---

[1] 指《刀疤》。

已经完全想不起来那篇短篇小说的内容了,也就无法准确给出那个问题的答案。所有这些事情都让我感到开心,不过同时也让我有种轻微的、愉悦的晕眩感。

略萨:法国文化对您来说意味着什么?有哪位法国作家对您产生过决定性影响吗?

博尔赫斯:当然。我是在日内瓦读完中学的,那时正值一战。换句话说,在很多年里法语都是……我不会说它是我在梦中或算数时使用的语言,因为我没能将法语掌握到那种程度,不过它确实是我日常使用的语言。法国文化当然对我产生了影响,它对所有南美人都产生了影响,也许比西班牙人的文化对我们的影响还要大。不过有些作家是我想着重强调的,他们是:蒙田、福楼拜——可能福楼拜要胜过其他人,还有一位作家,人们通过他的作品认为他是个不讨喜的人,可实际上他是刻意如此表现的,他也确实做到了:莱昂·布洛瓦①。莱昂·布洛瓦有个想法让我格外着迷,很多犹太教神秘哲学家和瑞典神秘主义者斯威登堡也提出过类似想法,但无疑莱昂·布洛瓦更具原创性,他认为宇宙是被书写而成的,只是神设计出的一种密码。至于诗歌,我相信你肯

---

① 莱昂·布洛瓦(Léon Bloy, 1846—1917),法国小说家、散文家、诗人。

定觉得我写的东西里有很多矫饰[1]的成分，有很多古老的风格[2]，洛可可那类的东西，因为在法国诗歌方面我喜爱的作品依然是《罗兰之歌》、雨果的诗、魏尔伦的诗——虽说喜爱程度已经不像往日般热烈了，我还喜欢《反韵集》的作者保尔-让·图莱那类诗人写的东西。不过我肯定还漏掉了很多对我产生过影响的作家。阿波利奈尔那些史诗式的诗歌中的声音肯定在我的某首诗歌里回响着，这绝不会让我感到惊讶。可是如果我只能选择一个作家的话（尽管选择一个作家、放弃其他作家永远都是毫无道理的行为），我选的法国作家一定是福楼拜。

略萨：人们习惯认为存在着两个福楼拜：写《包法利夫人》《情感教育》的现实主义作家福楼拜和创作《萨朗波》《圣安东的诱惑》等伟大历史小说的福楼拜。您更喜欢二者中的哪一个呢？

博尔赫斯：我觉得我喜欢的应当是第三个福楼拜，他从你刚才提到的那两个福楼拜身上各汲取了一些特点。我想我不断在阅读、重读的众多书籍之一就是福楼拜的那本未写完的作品《布瓦尔和佩库歇》。我感到非常骄傲，因为我位于布

---

[1] 原文为法语。
[2] 原文为法语。

宜诺斯艾利斯的个人图书馆里收藏着初版《萨朗波》和初版《圣安东的诱惑》。我是在布宜诺斯艾利斯买到它们的,他们跟我说那两本书的第一版在这边已经找不到了,对吗?难以形容我在布宜诺斯艾利斯把那两本书捧在手上时感到多么幸福。最让我动容的是,我觉得自己看到的正是福楼拜本人曾经看到过的东西,每部作品的第一版总是更能使作者动容。

略萨:您写诗歌、散文和短篇小说。您更偏爱哪种文体呢?

博尔赫斯:现在我已经到了文学创作生涯的末期,回头想来,我写的东西其实都属于同一种文体:诗歌。只不过有时我的诗歌是以散文体而非诗句的形式写成的。由于大约十年前我失去了视觉,我喜欢上了重新审视、校订我之前写的东西,现在我又回到了老路上,重新开始写传统意义的诗歌了。举个例子,你可以在街头、地下室或是漫步在国立图书馆的长廊里时,即兴创作十四行诗,韵律有种便于记忆的特性,这你是知道的。换句话说,我可以在头脑中创作和打磨一首十四行诗,在那首诗差不多完成时我再把它念出来,过上十天或十二天,然后再把它重拾起来,修改、润色它,直到那首诗不会让作者颜面扫地,那时就可以把它发表出来了。

略萨:在结束这次访谈之前,我又要向您提另一个老生常谈的问题了:如果您的余生都将在一座荒岛上度过,而您只能带五本书去,您会选择带哪些书去呢?

博尔赫斯:这个问题很难回答,因为五本书所包含的东西可能很少,也可能过多。此外,我不知道你指的是五册书还是五套书。

略萨:就当是五册书吧。

博尔赫斯:五册书?好吧,我想我会把吉本的《罗马帝国衰亡史》带去。我不会带任何一本小说去,我要带本历史书过去。我们姑且假设那一版的《罗马帝国衰亡史》是两卷本。然后,我还想带一本我没能完全理解的书去,这样我就可以反复阅读它了,那就带罗素的《数理哲学导论》好了,或者亨利·庞加莱①写的某本书。我也想把它带着。现在已经三册书了。再然后,我可以随便从某部百科全书里抽出一册带过去。这一册书就够读很久了。当然了,不能从现在的那些百科全书里选,因为如今的百科全书都变成工具书了,我要从一九一〇年或一九一一年出版的百科全书里挑选,例如《布罗克豪斯百科全书》或《迈耶百科词典》又或是《不列颠百科全书》中的某一卷,因为那时的百科全书还是供人阅

---

① 亨利·庞加莱(Henri Poincaré,1854—1912),法国数学家、理论物理学家、天体力学家、科学哲学家。

读使用的。已经四本书了。那么最后一本的话，我要耍个心眼，我要带一本像图书馆一样的书，那就是《圣经》。至于诗歌嘛，这五册书里我没选任何一部诗集，这个责任由我来担，不读诗歌就好了。而且我的头脑里已经塞满诗句了，书已经不是必需品了。我自己就是一部活的多语种文学作品选集。我记不住自己生活里的许多事情，但我可以讨人嫌地连续给你背诵用拉丁语、西班牙语、英语、古英语、法语、意大利语和葡萄牙语写成的诗句。我不知道这个问题我答得好不好。

略萨：您回答得非常好，豪尔赫·路易斯·博尔赫斯。非常感谢。

巴黎，一九六三年十一月

家中的博尔赫斯

他的家位于布宜诺斯艾利斯市中心,是一个两居室带一个小饭厅的公寓,他养了一只叫"贝波"的公猫(参考了拜伦勋爵的猫的名字),家里还有一位从萨尔塔来的女佣,她为他做饭,还像"小癞子"①一样帮他引路。家里的家具很少,都很破旧,潮湿的空气使墙壁长出了几只颜色发暗的耳朵。餐桌上方的屋顶有个破洞。他一辈子都和母亲住在一起,此刻他母亲的卧室依然保持着原样,甚至床上还摊开摆放着一件淡紫色的衣服,随时都可以被人穿到身上。那位女士在几年前已经去世了。在我询问博尔赫斯他生命中出现过的哪个人给他留下最深刻印象的时候,他第一个说出的名字就是她的。

他的卧室像间牢房:狭窄,拥挤,放着一张单薄的行军床,像是给孩子用的,矮小的书架上塞满了英国人写的书,斑驳的墙壁上挂着只蓝瓷材质的老虎,背上涂画着椰枣树的图案,墙上还挂着秘鲁太阳勋章。我理解陶瓷老虎的意义:

那是代表着博尔赫斯的动物,是在他的短篇小说和诗歌中经常出现的元素。可是墙上为什么挂着如此具有秘鲁特色的东西呢?实际上它具有的是情感方面的意义。博尔赫斯的一位先祖——在他的诗里出现过的那位知名的苏亚雷斯上校——在一个半世纪以前由于参加了胡宁战役,与西班牙人进行殊死搏斗而赢得了那枚勋章。后来,在家族不断迁移的过程中,那枚勋章曾一度遗失。当博尔赫斯在利马领取了属于他的秘鲁太阳勋章后,他的母亲激动得哭了起来,她对他说:"它回家了。"因此他把它挂到了那只五颜六色的老虎下面。

考虑到房屋的主人是博尔赫斯,按照这个标准来评价的话,他家里的藏书并不多。除了卧室里的书之外,饭厅的角落还摆着个双边书架:上面放着用超过十种语言写成的关于文学、哲学、历史和宗教类的书籍。可要是有人想在里面找到博尔赫斯写的书或是关于博尔赫斯的书的话,那种努力只能是一番徒劳。尽管我依然记得他在面对类似问题时给出的答案,我还是问了他把那些书排除在个人藏书之外的原因。"我算什么人,能和莎士比亚或叔本华并列?"至于为何连写他的书也没有,他的回答是:"我对那种主题不感兴趣。"他

---

① 西班牙名著《小癞子》中,主人公小癞子的第一任主人是位瞎子乞丐,小癞子常负责为之引路。

只读过第一本分析他的书,那本书是一九五五年出版的,作者是马夏尔·塔马约和阿道夫·鲁伊斯·迪亚斯:《博尔赫斯:谜团与答案》。他读那本书的原因是"谜团我已经知道了,我很好奇答案究竟是什么"。可是那本书让他失望了。

他十分看重着装,肯定有人会认为他在家里也要穿西服、打领带。失明已经是三十年前的事了,从那时起他就不得不由别人来给他读书。做这事的主要是他的妹妹诺拉,此外还有些前来拜访他的朋友。他对全世界如潮水般涌来想要采访他的记者们表现得十分宽容。他接待他们,把双关语和调侃话当作礼物送给他们,可他们往往对其进行一番错误的解读。作为回报,他要求他们给他读一首卢贡内斯的诗或一篇吉卜林的短篇小说。在视力逐渐衰退的过程中,他开始搜集拐杖;他有许多拐杖,和他的藏书或他写的故事一样多,那些拐杖来自许多不同的国家。

和家中简朴的状况一样,他的言行举止比起美德来更像是一种文学资源。在心底里,他很清楚自己是个天才,尽管对于他这样的怀疑论者来说,这些事情都不重要。对待访客时,他如慈祥的外公般和善,他摸索着在公寓里踱步,不时抛出几句骇人的妙语:"我确信诺曼·托马斯·蒂·乔瓦尼①

---

① 诺曼·托马斯·蒂·乔瓦尼(Norman Thomas di Giovanni, 1933—2017),编辑、翻译,博尔赫斯作品的英译者之一。

的译本比原著更精彩。他本人也是这样认为的。"不过他也的确会做出许多温和的评价。例如，他会夸赞聂鲁达，以前他对这位智利诗人的作品少有赞语。有一桩发生在聂鲁达身上的轶事令他心怀感激，那是在斯德哥尔摩，有人问这位智利诗人会把诺贝尔文学奖颁给哪位作家，聂鲁达回答说："博尔赫斯。"那么，瑞典学院的评委们为什么没有把那个奖颁给您呢？他的答案可以预料："因为那些先生对我写的东西的看法与我本人相同。"

我提醒他说，在二十年前，我为法国电视广播台对他做了专访，当时曾问他对政治的看法，他回答说政治令他生厌。您现在依然这么认为吗？"好吧，我现在不会用'生厌'这个词了，我会说政治令我'恼火'。"政治家显然不是他偏爱的群体。"为什么要去崇拜那些卑微妥协、胡言乱语、虚伪不堪（请不要介意我的措辞）的人呢？"不过，事实上他确实发表过许多与政治相关的言论，它们也的确引发了轩然大波。直到不久之前，被他激怒的还大多是左翼人士。可是在近些日子里，发出针对他的、响彻云霄的批判声的却是右翼人士。阿根廷的报纸上到处都是反对他的声音。由于他在关于比格尔海峡的问题上偏向智利，很多人骂他是"老不死的""卖国贼"，而且他还表示军人应该辞去政府职务，因为"那些戎马一生的人没有能力执政"。不过在他说过的话里，最具丑闻般轰动性的也许得算是下面这句："阿根廷的军人从没听到过子弹呼啸而过的声音。"一位将军旁征博引地驳斥了他，于是博尔赫斯修正了自己的说法："我承认某将军的确听到过一颗子弹呼啸而过的声音。"博尔赫斯已经赢得了这种特权，他可以把自己想说的所有的话都说出来，而且他说的话能够传达到所有人的耳边，没人能审查他的言语，没人能抓捕他，也没人能朝他丢炸弹。

我对他说，尽管他的政治言论也经常会让我感到困惑，不过同时，那些言论里也有让我始终抱有敬意的内容：对任何形式的民族主义的抨击。他真的在听我说话吗？我感觉他只是偶尔在听。与他对话的不是某个具体的人，尽管那个有血有肉的人就在他的面前，可在他眼中那只是一团阴影，他是在对抽象的、多样的听众讲话——对于写作者来说，那个在他面前的人就是他的读者——无论是谁置身于他的身旁，都会感到自己成了那无休无止、睿智博学、令人回味的独白的纯粹背景，那种背景静谧无名、常换常新。对他来说，这就是一种对谈。

那场独白有时会变得具有戏剧性效果，他突然停止讲话，脸上闪过某种表情，而那些人所共知的话题也会时不时地跳出来。他说他正在研究古代北欧语，还说冰岛人依然能利用古代北欧语来阅读十三世纪的经典著作,因此当他到达雷克雅未克时,他的眼眶湿润了。他说他和他的父亲一样,也是个斯宾塞式的无政府主义者,只不过现在他还变成了和平主义者,就像甘地和伯特兰·罗素那样。然而,他怀疑我们永远也无法真正获得民主或无政府主义追求的东西,"而且,我们配得上它们吗?"他认为拉丁美洲在文化方面最大的贡献就是现代主义[1],他还在两个方面夸赞了阿根廷:数量庞大的中产阶级和接受的移民。他依然认为里卡多·罗哈斯的《阿根廷文学史》要比整个阿根廷文学更加伟大,"哪怕这部作品也是阿根廷文学的组成部分,也不妨碍这个结论成立"。有两个国家他特别想了解:中国和印度。他不惧怕死亡;相反,人终将完全消失,这个想法会让他感到轻松。不可知论帮助他构建了死亡的概念:虚无令人向往,尤其在人感到不快和失落时。

那场令人着魔的独白来来往往、消解重现,例如老虎和

---

[1] 此处译者的理解是:博尔赫斯认为拉丁美洲现代主义给世界文化做出了贡献,尤其是在文学方面。"现代主义诗歌是一种全新的文学流派。无论题材、感情、词汇、形式都是新的。这种创新也波及散文和小说。这种崭新的华丽文风,像一股不可阻挡的洪流,对伊比利亚半岛的文学产生了影响,拉丁美洲文学第一次以自己独特的风格对欧洲文坛产生了反作用。"(引自赵德明等著《拉丁美洲文学史》,北京大学出版社,2001年版,第227页)。

镜子之类的主题如火花般迸溅，其中有一个主题从那些火花中脱颖而出，他对这个主题的运用如此具有原创性，以至于它仿佛变成了某种专属于他的东西：迷宫。有种谣言十分盛行，说他是在土生白人的巴勒莫区长大的，那里街头巷尾到处都是寻衅打架的人，空气中飘荡着米隆加舞曲的旋律。那其实是后来他自己编造出来的；他真正成长的地方是父亲的图书馆，他是被英文书籍滋养长大的。他读过很多东西，这是确凿无疑的，不过他很少读长篇小说，尽管他在责难（这个词仿佛也是他的专属）那种文体时表现得有些夸张，可他最喜爱的作家倒确实是诗人、散文家或短篇小说家。可是长篇小说作家康拉德在那场"屠杀"中幸免于难了。他现在还在写些什么吗？对，他正在写一首关于"南半球的某位阴郁诗人"的诗。当然了，那个阴郁诗人就是他本人。当然了。不过我俩都知道他在撒谎。

再见了，博尔赫斯，天才作家，诡计多端的老人。名作家们到年老时总是会"变坏"，高傲自负、闪烁其词。不过您还是像以前一样，您说话时设下的那些精彩睿智的诡计还是和您的短篇小说中的设计一样。而我们也怀着同样的愉悦心情继续跳入那些陷阱之中。

布宜诺斯艾利斯，一九八一年六月

家中的博尔赫斯：访谈

如果要说出我们这个时代某个西班牙语作家的名字，认定他的作品必将流传下去，在文学史上留下深刻印迹，那么我会说出那位与格拉西耶拉·博尔赫斯①同姓的阿根廷诗人、短篇小说家、散文家的名字，他就是豪尔赫·路易斯·博尔赫斯。

他写的书总是短小精悍，完美得像圆环一样，读者感觉他的文字既没有一处多余，也没有一处欠缺，他的作品对用西班牙语写作的作家产生过并且依然在产生巨大的影响。他笔下的幻想故事无论发生在潘帕斯地区、布宜诺斯艾利斯、中国、伦敦、现实或非现实的任何一处地点，都能显现出同样强大的想象力，以及和他那些关于时间、维京人的语言等话题的散文同样丰富的文化性。不过博学在博尔赫斯这里永远都不是含糊、学术的东西，而是一种奇特、耀眼、有趣的东西，是一种灵魂的冒险，我们这些读者在读过它们之后首先会感到惊异，继而是充实。

博尔赫斯同意在他位于布宜诺斯艾利斯市中心的朴素居所中接受我们的访问，那里还有一位在干活之余充当他领路人的女佣，因为博尔赫斯在很多年前就已经失明了，他还养了只叫"贝波"的安哥拉猫，因为他崇拜的一位英国诗人的猫就叫这个名字，那位诗人是拜伦勋爵。

马里奥·巴尔加斯·略萨：您的图书室让我印象很深刻的一点是里面没有您自己写的书，连一本都没有。为什么您不把自己写的书摆进去呢？

豪尔赫·路易斯·博尔赫斯：我很在意我的图书室。可我算什么人，能和叔本华并列？

略萨：与您相关的书也没有，我也没看到里面有任何一本写您的作品，那种书已经出版了很多了。

博尔赫斯：我读过独裁时期在门多萨出版的第一本研究我的书。

略萨：博尔赫斯，您说的是哪场独裁？很不幸有太多独裁政权了……

---

① 格拉西耶拉·博尔赫斯（Graciela Borges，1941— ），阿根廷电视、电影明星。

博尔赫斯：就是那场……名字我不想提了①。

略萨：连提也不想提。

博尔赫斯：不，不行，连提也不想提。有些词语避之则吉。好了，当时出版的那本书叫《博尔赫斯：谜团与答案》，作者是门多萨那边一位叫鲁伊斯·迪亚斯的老师和一个叫塔马约的玻利维亚人。谜团我已经知道了，我很好奇答案究竟是什么，所以我读了那本书。此后我就再也没有读过同类型的书了。阿莉西娅·胡拉多曾经写过一本关于我的书，我向她表达了谢意，我对她说："我知道书不错，但是我对那种主题不感兴趣，或者说兴趣不大，所以我就不读了。"

略萨：所以说罗德里格斯·莫内加尔写的那本大厚册传记您也没读过是吗？

博尔赫斯：你来说说看，写得怎么样？

略萨：起码资料翔实，笔触中带着对您的极大敬意，对您十分亲近，同时我认为他对您的作品做出了很高的评价。

博尔赫斯：对，我们是朋友。他是梅洛人，是吧？是东岸共和国人②。

略萨：是的，他还作为人物出现在了您写的一则短篇小

---

① 此处的词语与《堂吉诃德》开篇第一句话完全一致。
② 即乌拉圭人。

说里。

博尔赫斯：关于梅洛，我还记得埃米利奥·奥利维[1]写的几句很美的诗，开头平庸，后来感情就丰富了起来，内容也拓展开来："我出生在梅洛，满是殖民时期房屋的城市"……好吧，这句不是很……"殖民时期房屋"和"殖民房屋"有些细微差异……"我出生在梅洛，满是殖民时期房屋的城市，在无尽的恐怖平原中央"，内容从这里开始扩展，"在无尽的恐怖平原中央，在巴西身旁"。瞧瞧这句诗是怎么拓展开来的，嗯？瞧瞧它是怎样拓展开来的。

略萨：尤其是经您这么一说……

博尔赫斯：不，可是……"我出生在梅洛，满是殖民时期房屋的城市"，这句压根算不得是诗；"在无尽的恐怖平原中央，在巴西身旁"，这句诗的价值就在最后这里体现出来了。太美了。埃米利奥·奥利维。

略萨：确实很美。博尔赫斯，有个问题我在很多年前就想问您了，请给我讲讲。我写的是长篇小说，您曾经说过一句很漂亮但是十分冒犯长篇小说作家的话，它一直让我感到痛心。那句话大概是这样说的："写长篇小说的人贫穷而任

---

[1] 埃米利奥·奥利维（Emilio Oribe，1893—1975），乌拉圭诗人、散文家、哲学家。

性,竟想把用一句话就可以说清楚的事情扩充到五百页的篇幅。"

博尔赫斯:我是说过类似的话,不过那是个错误,是个由我制造出来的错误。我不写长篇小说是因为我偷懒了,不是吗?又或者是我压根没能力写长篇小说。

略萨:可您读过不少长篇小说,同时还是长篇小说的优秀译者。

博尔赫斯:不,不。我读的长篇小说并不多。

略萨:可是有许多长篇小说出现在了您的作品中,您会提到它们,甚至去编造它们。

博尔赫斯:没错,不过我被萨克雷[①]击垮了。相反,我很喜欢狄更斯。

略萨:您觉得《名利场》很无聊。

博尔赫斯:《潘登尼斯》我倒是能读得下去,当然也得努努力才行,《名利场》我实在是无能为力。

略萨:举个例子,康拉德是您很推崇的作家。对您而言,他写的长篇小说重要吗?

博尔赫斯:当然了,所以我才对你说,我并非完全不读

---

① 威廉·梅克比斯·萨克雷(William Makepeace Thackeray,1811—1863),英国作家,与狄更斯齐名,代表作有《名利场》等。

长篇小说。我再来举个例子——亨利·詹姆斯，他是伟大的短篇小说家，不过他写的长篇小说就是另一回事了。

略萨：那么在您最看重的作家里就没有任何一位长篇小说作家吗？

博尔赫斯：……

略萨：您看重的作家里有长篇小说作家吗？还是说他们全都是诗人、散文家呢？

博尔赫斯：还有短篇小说作家呀。

略萨：还有短篇小说作家。

博尔赫斯：因为我不觉得《一千零一夜》是长篇小说，不是吗？那是一部无穷无尽的故事集。

略萨：长篇小说的优势在于一切都能被写成长篇小说。我认为那是食人生番式的文体，它能够把其他文体都吞食掉。

博尔赫斯：既然提到了"食人生番"（caníbal），你知道这个词是怎么来的吗？

略萨：不，我不知道，它是怎么来的？

博尔赫斯：它的起源很美。从"加勒比"（Caribe），到"加勒比人"（caríbal），再到"食人生番"（caníbal）。

略萨：换句话说这个词是在拉丁美洲诞生的。

博尔赫斯：没有"拉丁"的美洲。那时这里还都是印第安人的部落,"加勒比人"(los caribes)本身就是个原住民词汇,从这里又诞生了"食人生番"(caníbal)和莎士比亚笔下的凯列班(Calibán)①。

略萨:这是美洲在词汇方面为世界语言做出的奇妙贡献。

博尔赫斯:还有很多类似的例子。我记得"巧克力"(chocolate)在原住民语言里写作"xocoatl",对吗?很不幸,"tl"的部分后来被丢掉了。"土豆"(papa)这个词也是一样。

略萨:您认为在美洲文学的领域里,谁或者什么东西贡献最大?我指的是整个美洲:西班牙语美洲,葡萄牙语美洲……某位作家、某部作品、某个主题?

博尔赫斯:我认为贡献最大的是广义的现代主义。那是西班牙语文学的杰作,而且是在我们这边出现的,马克斯·亨里克斯·乌雷尼亚注意到了这一点。我和胡安·拉蒙·希梅内斯聊过,他激动地对我说他曾在一八九七年怀着同样的激动心情拿到了一册《群山自黄金》②。现代主义还对西班牙的许多伟大诗人产生了影响。那一切都是在我们这边出现的。而且有意思的是,我们这边要比西班牙人离法国更近,

---

① 莎士比亚戏剧《暴风雨》中的原住民角色。
② 《群山自黄金》(*Las montañas del oro*),阿根廷作家莱奥波尔多·卢贡内斯(Leopoldo Lugones,1874—1938)的诗集。

当然我指的不是地理层面的概念。我发现在西班牙，人们可以夸赞英国、意大利、德国，甚至美国，但只要有人提到法国，那里的人就浑身不自在。

略萨：民族主义无论在哪里都是难以根除的东西。

博尔赫斯：那是我们这个时代最大的恶事之一。

略萨：我想稍微谈论一些这方面的事情，博尔赫斯，因为……我想我可以完全真诚地和您交谈。

博尔赫斯：当然，我还能告诉你，那种恶事，右翼人士和左翼人士都能做得出来。

略萨：您的一些政治言论让我感到有些迷茫，不过在某些话题上，您说的有些话却让我感到十分钦佩，我指的就是您在民族主义方面的观点。我认为您在谈及该话题时总能保持头脑冷静，换句话说，您一直在对抗民族主义。

博尔赫斯：不过我也曾陷入其中……

略萨：不过在这几年里……

博尔赫斯：我曾谈过布宜诺斯艾利斯河岸边的东西，我曾认识许多民间歌手、爱寻衅打架的流氓，还曾把他们写进我的文学世界。我还写到过米隆加舞曲……在文学的天地中，所有事情都是体面的，那么为什么不能写本国主题呢？

略萨：我指的是政治上的民族主义。

博尔赫斯：那是错误的，因为如果有人以喜欢某样东西的名义去抵制别的东西，那么他就不是真的喜欢前者。举个例子，如果我喜欢英国，却想利用它对抗法国，那这就是一个错误，我应该尽我最大可能去同时喜爱那两个国家才对。

略萨：您曾发表过许多言论，想竭力阻止阿根廷和智利因敌意而可能出现的决裂。

博尔赫斯：不止于此。尽管我的祖父和曾外祖父都是军人，再往远了说，我的祖上是征服者，但我现在对打仗不感兴趣，我是个和平主义者。我认为所有的战争都是犯罪。此外，如果我们接受所谓的正义战争存在的话，哪怕只接受一场，也就为各式各样的战争打开了方便之门，因为人们从来就不缺冠冕堂皇的理由，他们可以尽情用它们来粉饰战争，尤其当他们本身就是战争发起者的时候，那样一来他们就可以把不顺从自己的人都当成叛徒关押起来了。之前我没有意识到，伯特兰·罗素、甘地、阿尔贝迪①和罗曼·罗兰反对战争的言论有多么明智，而现在，反对战争比起支持甚至参与战争都更需要勇气。

略萨：我完全同意您的这种观点。我认为您说得很有道

---

① 指阿根廷政治哲学家胡安·巴蒂斯塔·阿尔贝迪（Juan Bautista Alberdi, 1810—1884）。

理。那么博尔赫斯，您认为理想的政治制度是怎样的呢？您希望您的国家和拉丁美洲各国施行怎样的政治制度呢？或者说您认为哪种制度是最适合我们的呢？

博尔赫斯：我是个斯宾塞式的老无政府主义者，我认为国家代表邪恶，只不过目前它还是一种必需的邪恶罢了。如果我是个独裁者的话，我会主动辞职，然后回到我卑微至极的文学世界里去，因为我提供不了任何解决问题的办法。和我所有的同胞一样，我也是个生活没有条理、容易消沉沮丧的人。

略萨：您自认为是个无政府主义者，也就是说从根本上来看，您是一个捍卫个体至上理念、对抗国家的人。

博尔赫斯：对，不过我不知道我们是否配得上。总而言之，我觉得这个国家配不上民主或无政府主义。也许在其他国家行得通，例如日本或是斯堪的纳维亚的那些国家。这边的选举无疑是有害的，选举会给我们带来另一个弗朗迪西[①]或是其他……诸如此类的人。

略萨：那种怀疑论并没有妨碍您发表诸多关于和平的乐观言论，您反对战争，最近您还在反对酷刑以及所有形式的

[①] 阿图罗·弗朗迪西（Arturo Frondizi，1908—1995），曾于1958—1962年任阿根廷总统。

压迫。

博尔赫斯：对，没错。可我不清楚那样是否有用。我出于道德原因发表了那些言论，但我不认为那会起什么作用，我也不觉得那些言论能帮助谁。它们只不过能让我心里好受点，仅此而已。可就算我是执政者，我也不知道该做些什么，我们走进了没有出口的死胡同。

略萨：大概四分之一个世纪以前，我在巴黎对您做了一次访谈，我当时曾经问过您……

博尔赫斯：四分之一个世纪……天哪。四分之一个世纪这种说法可真是让人伤感啊。

略萨：嗯……我曾经问过您对政治的看法，您知道当时您是怎么回答我的吗？您说："政治话题令我生厌。"

博尔赫斯：啊，是吗？好吧。

略萨：那是个很妙的回答，我不知道您现在是否还持同样的观点：您依然认为政治令您生厌吗？

博尔赫斯：啊，我现在认为"生厌"这个词太温和了。我会用"恼火"这个词。"生厌"实在是过于……轻描淡写[①]了。

略萨：有没有哪位当代政治家是让你尊敬或推崇的？

---

① 原文为英语。

博尔赫斯：我不知道是不是真的有人会推崇政治家，那些人每天要做的事情就是投赞成票、收受贿赂、露出笑容、让人拍照以及……请原谅我这么说，扬名立万……

略萨：那么您推崇些什么人呢，博尔赫斯，冒险家吗？

博尔赫斯：对，我之前很推崇冒险家，现在倒说不准了。而且得是个人冒险家才行。

略萨：能举个例子吗？您能不能想到哪位冒险家，能让您希望变成他那样的人？

博尔赫斯：没有，我生活得并不愉悦，但我知道换一种命运的话我就变成另一个人了。就像斯宾诺莎说的那样："每种事物都喜欢属于它们的那种孤独。"我依然想当博尔赫斯，我也不知道原因何在。

略萨：我记起了您写过的一句话："我读过许多东西，自己经历过的却很少。"一方面，这句话很美，另一方面，其中似乎又透着些许愁思……

博尔赫斯：十分悲伤。

略萨：似乎您感到很遗憾。

博尔赫斯：写那句话时我三十岁，那时我还没发觉阅读也是一种经历的方式。

略萨：不过，您把如此多的时间用在了纯智力活动中，因此有许多事情没能去做,难道这种愁思与此无关吗?

博尔赫斯:我觉得无关。我认为从本质上来看每个人都可以在一生中经历所有的事情,可最重要的不是经验本身,而是人们如何处理那些经验。

略萨:我觉得这让您疏远了物质事物。无论是谁,一来到您的住所就能发现这一点。您就像苦行僧一样生活,您的住所十分简朴,您的卧室就如同僧侣的禅房,带着非同寻常的朴素感。

博尔赫斯:在我看来,奢侈意味着粗鄙。

略萨:博尔赫斯,在您的生活中,金钱意味着什么呢?

博尔赫斯:意味着能够买到书、出门旅行,意味着不断地买书和旅行。

略萨:难道您从没对金钱产生过兴趣?您从来没为赚钱而工作吗?

博尔赫斯:好吧,就算我那样做过,看上去我也没做成。有钱当然是件好事,比受穷要好,尤其是在我们这样一片贫穷的地区里,你总是被迫无时无刻都要去考虑钱的问题。有钱人才能去想别的事情。不过我从来就没当过有钱人。我的父母有钱过,我们住过大房子,但后来一切都失去了,都被没收了,但是好吧,我不认为那对我而言有什么重要性。

略萨：您知道在这片土地上，许多国家如今都围着钱转，他们对物质繁荣趋之若鹜。

博尔赫斯：这是很自然的事情，尤其是考虑到这片土地有多么贫穷。一个乞丐除了金钱和食物之外还能去想什么事情呢。如果您很穷的话，您也要考虑钱的问题。有钱人才能去想别的事情，可穷人不行。这就和病人只会去想身体问题是一个道理。人们总是会想着他们缺少的东西、没有的东西。我还没失明时也不觉得能看见是一种特权，相反，如今我愿意付出一切代价换回我的视觉，哪怕再也不能从这栋房子里走出去也无所谓。

略萨：博尔赫斯，您这间简朴的居所里还有样东西让我吃惊，具体来说是摆放在您那间朴素的卧室中的东西，里面的东西不多，但竟有一枚秘鲁政府颁发的太阳勋章。

博尔赫斯：那枚勋章在经历了四代人之后又重新回到我们家了。

略萨：这是怎么回事，博尔赫斯？

博尔赫斯：我的曾外祖父苏亚雷斯上校在胡宁战役里领导过一支秘鲁骑兵队。他赢得了秘鲁太阳勋章，由玻利瓦尔亲自下令从队长晋升为上校。后来那枚勋章在内战时遗失了。我的家人都是集权派，但我是罗萨斯的远房亲戚——好吧，这个国家本来就人口稀少，随便什么人之间都有些亲属关系。经历了四代人之后，勋章又回来了，这次是因为文学原因，我和母亲一起去了利马，她哭了起来，因为她曾经在我曾外祖父的画像上看到过那枚勋章，如今勋章到我手里了，成了她儿子的东西。她当时非常非常激动。

略萨：换句话说，从许多代人之前开始，您就和秘鲁有了某种联系。

博尔赫斯：没错，四代人。不对，要更早，听我说，我曾经去过……啊，不对，不对，等一下……没错，我曾经去过库斯科，我在那里看到一栋房子，上面有羊头盾徽标志，赫罗尼莫·路易斯·德卡布雷拉在四百年前就是从那里出发，前来我们这边的，他在阿根廷共和国建立了伊卡——我不知道这座城在哪里——以及科尔多瓦这两座城市。也就是说，联系早就有了。

略萨：所以说从某种层面上来看，您也算得上是秘鲁人。

博尔赫斯：对，当然了。

略萨：去利马之前，您对秘鲁的印象是怎样的呢？

博尔赫斯：只有种很空泛的印象，我认为那种印象主要是从普雷斯科特的书里得来的。

略萨：您指的是普雷斯科特的《秘鲁征服史》。您是什么时候读到那本书的?

博尔赫斯：大概是七岁或八岁的时候吧。那是我这辈子读的第一本历史书。后来我又读了维森特·菲德尔·洛佩斯写的《阿根廷共和国史》，再后来则是罗马和希腊的历史。不过我以贯穿①的方式读完的——或者说"从头到尾"读完的第一本历史书就是普雷斯科特写的那本。

略萨：您那时觉得秘鲁是怎样的? 是个神话般的国度?

博尔赫斯：是有点神话的意味，没错。后来我和一位秘鲁作家成了朋友，你们肯定都已经把他忘了，他叫阿尔贝托·伊达尔戈，是阿雷基帕人。

略萨：他在阿根廷生活了很久，是吗?

博尔赫斯：是的，他帮助我发现了一位诗人，我当时能背得出那位诗人的许多诗。

略萨：是哪位诗人呀，博尔赫斯?

博尔赫斯：埃古伦。

略萨：何塞·玛利亚·埃古伦。

博尔赫斯：对，就是他。那本书的名字叫《蓝灯女孩》，对吗?

---

① 原文为英语。

略萨：那是一首诗的标题，是埃古伦最有名的诗歌作品之一。

博尔赫斯：对，还有另一首……我只隐约记得里面出现了一条船，还有在船上来回行走的已经死去的船长。具体的句子我记不清了。

略萨：他是位细腻又天真的象征主义诗人。

博尔赫斯：非常细腻。但我不知道他算不算天真。我认为他是刻意表现得天真而已。

略萨：我用"天真"这个词时不带任何贬低的意思。

博尔赫斯：明白，明白。当然了，天真是种美德。

略萨：埃古伦从没离开过秘鲁，我认为他从没离开过利马，可他的作品里有很大一部分是写北欧世界的，写斯堪的纳维亚的仙女们，他觉得那些主题特别有异国情调。

博尔赫斯：因为"乡愁"总是很重要的。

略萨：也许就是这一点建立了您和埃古伦之间的某种联系。

博尔赫斯：对的。我也的确经常会想到一些我不熟悉的国家，或者是后来才熟悉的一些国家。我一直想了解中国和印度……尽管在文学的层面上我已经对它们有挺深的了解了。

略萨：您最迫切想了解的是哪个国家呢，博尔赫斯？

博尔赫斯：说不准，大概是日本、英格兰，还有……

略萨：例如，冰岛？

博尔赫斯：冰岛，当然，因为我正在研究古代北欧语，由这里衍生出了瑞典语、挪威语、丹麦语，英语也有部分源自古代北欧语。

略萨：已经没人再讲那门语言了，从多少个世纪之前就没人讲它了呢？

博尔赫斯：不对，不对，冰岛还有人在使用它。我手头有一些用那门语言写成的经典著作，十三世纪的经典著作，都是我在雷克雅未克时人们送我或者我自己买到的，里面没有词汇表，没有序言，也没有注释。

略萨：也可能那门语言没什么发展，在八个世纪里始终保持着原先的样子。

博尔赫斯：我觉得发音方面有些改变。他们能阅读那些经典著作，就好像现在的英国人也有能力阅读邓巴①或乔叟②写的东西一样，再或者就像我们也能阅读，我也不知道举什么例子好，例如《熙德之歌》吧，又或者像法国人可以读懂

---

① 威廉·邓巴（William Dunbar，1459—1520），苏格兰诗人，活跃于15世纪末、16世纪初。
② 杰弗雷·乔叟（Geoffrey Chaucer，1343—1400），中世纪英国最伟大的诗人之一，代表作有《坎特伯雷故事集》等。

《罗兰之歌》一样。

略萨：或者像希腊人能读懂荷马一样。

博尔赫斯：对，就是这样。他们可以阅读不带词汇表和注释的经典著作，当然那些文字的读音肯定已经有了变化。不过，举个例子，英语的发音也发生了许多改变。我们说，"To be or not to be"①，而生活在十七世纪的莎士比亚在说这句话时则保留着撒克逊开元音，"Tou be or nat tou be"。这种发音显然更加响亮，也跟现在的发音完全不同，如今的人听到那种发音肯定会觉得很滑稽。

略萨：博尔赫斯，您对异域文学的这种好奇，或者不能只算是好奇，而是种痴迷……

博尔赫斯：因为我根本不知道这算不算"异域"文学……

略萨：我指的是您对北欧文学或盎格鲁-撒克逊文学的兴趣。

博尔赫斯：好吧，盎格鲁-撒克逊文学其实就是古代英国文学。

略萨：嗯……您认为存在某种关联吗？我指的是那种痴

---

① 即"生存还是毁灭"。

迷和……

博尔赫斯：乡愁？

略萨：和阿根廷，阿根廷毕竟是个完全现代的国家，几乎没有过去。

博尔赫斯：我认为那种关联是存在的，也许我们拥有的众多财富之一就是乡愁。尤其是对欧洲的怀念。这种情感是欧洲人体会不到的，也因为欧洲人不觉得自己是欧洲人，他们认为自己是英国人、法国人、德国人、西班牙人、意大利人、俄国人……

布宜诺斯艾利斯，一九八一年六月

博尔赫斯的虚构

我还在上学时,曾怀着极大的热情阅读萨特,我虔诚地拥护他提出的理念:作家应介入他生活的时代和社会中去。他说"文字即行动",还说一个人能通过写作参与历史发展。如今,到了一九八七年,类似的想法会显得有些天真,会让人哈欠连连——我们已经对文学和历史的力量产生了巨大的怀疑。可是在五十年代,类似"世界能变得更好""文学能助力这一进程"的想法让我们很多人都深信不疑,并且因此感到振奋激动。

当时,博尔赫斯的魅力已经突破《南方》杂志的小圈子和他的阿根廷追随者了。在许多拉丁美洲城市的文学圈里,人们都把他的作品的稀有版本当作宝物一样趋之若鹜,大家背诵他的短篇小说中罗列的种种奇思妙物——尤其是《阿莱夫》中出现的那些美妙意象。大家讨论他笔下的老虎、迷宫、面具、镜子、匕首,以及他使用的那些让人瞠目的形容词和副词。在利马,头号博尔赫斯书迷是路易斯·洛艾萨,他和我是同辈人,是我的朋友、同学,我们经常分享书籍、交流文学幻想。博尔赫斯是我们之间争论的永恒话题。对于我来说,博尔赫斯正是萨特教导我们要去憎恶的那种人,而且憎恶程度如化学试剂般精纯:那种活在自己世界中的艺术家,那个世界是纯粹由幻想和知识创造出来的;那种作家蔑视政治和历史,甚至连现实都瞧不上,除了文学之外,他们对一切都表露出怀疑和戏谑的厚颜无耻的态度;那个知识分子不仅调侃左翼的教条和乌托邦式思想,还把他的蔑视行为发展到了另一个极端,靠向了保守党一边,他的理由还十分傲慢无礼,说什么绅士就该与失败的事业站在一边。

在我们争论时,我脑子里装的都是萨特教的东西,我竭力想要证明一个像博尔赫斯那样写作、讲话、行事的知识分子,从某种意义上说,应该对世界上各个社会中出现的问题负有责任,他的短篇小说和诗歌只不过是些有声响的空洞饰品[①],历史——那种恐怖骇人、主持正义的大写的历史,那种进步人士会抄起一切顺手的东西(刽子手的刀斧、赌徒的标记牌、魔术师的把戏……)来捍卫的历史——终将让他们付

---

① 原文为法文。

出应有的代价。可是，当争论偃旗息鼓后，置身于房间或图书馆那卑微的孤独之中时，我就像萨默塞特·毛姆的《雨》中那位狂热的清教徒一样，只不过他难以抵挡的是他批判的那具肉体的诱惑，而我无法抵御的是博尔赫斯的文学魔法。我阅读了他的短篇小说、诗歌和散文，它们让我感到眼花缭乱，心中还生出了邪恶的快感，我觉得自己仿佛犯了通奸罪，背叛了导师萨特。

对我来说，青年时期生成的文学激情总是难以持久；很多在当时被我视为典范的作家在我尝试重读他们的作品时被我舍弃了，萨特也包括在内。但博尔赫斯不同，那种带有负罪感的隐秘的激情从未淡化；我会时不时地重读他的文字，就像完成某种仪式，而那种体验从来都是幸福的冒险。此时此刻，为了准备这场对谈，我又快速重读了他所有的作品，在这一过程中，我再次体会到了那种幸福感，就和我第一次阅读他的作品时的感觉一样，这种幸福感来自他那优雅、干净的文风，来自他对故事的细腻雕琢，也来自他完美构建的故事形式。我知道艺术领域的评价有效期总是十分短暂；但我相信就博尔赫斯而言，说他是西班牙语现代文学最重要的作家、当今最杰出的艺术家是丝毫不为过的，这种表述不会冒任何风险。

我同时认为，我们这些用西班牙语写作的作家都欠了博尔赫斯一大笔债。我指的是所有人，包括那些和我一样从来不写幻想故事，从来不对灵魂、二重性、无尽或叔本华的形而上学思想等主题感兴趣的作家。

对于拉丁美洲作家来说，博尔赫斯意味着和局限的视野决裂，我们总是在无意识的状态下去写某个乡村小镇中发生的故事。在博尔赫斯出现之前，像欧洲作家或美国作家那样把笔触与世界文化相融合对于我们这些拉丁美洲作家而言似乎只是种骇人的幻想。当然了，在此之前，曾经有某些现代主义诗人做过类似的尝试，但是那些尝试，包括其中最杰出的代表鲁文·达里奥在内，总给人一种仿作之感，总是流于表面，仿佛他们描写的都是别人家的东西。相反，拉丁美洲作家忽略了一些经典作家——例如加西拉索·德拉维加或索尔·胡安娜·伊内斯·德拉克鲁斯——从未怀疑过的事情：无论从语言还是历史的角度来看，我们都理所当然是西方文化的组成部分。我们所拥有的不是单纯的追随式的、殖民地式的传统，我们的传统是西方文化的合法组成部分，从四个半世纪以前，西班牙人和葡萄牙人把他们的文化疆域拓展到南半球之时起，这种情况就已经出现了。博尔赫斯的文字赋予了这一切以正当性，同时也证明了参与到西方文化的构建中去并不会损害拉丁美洲作家的自我性和原创性。

很少有欧洲作家能像来自我们身边的这位诗人和短篇小说家一样以如此完满且完美的方式继承西方文化的遗产。在他的同时代人中，又有谁能像他一样自如地穿梭于斯堪的纳维亚神话、盎格鲁-撒克逊诗歌、德国哲学、西班牙黄金世纪文学、英国诗人、但丁、荷马、在欧洲被翻译及传播的中东和远东的神话传说……之中呢？然而这一切都没有把博尔赫斯变成"欧洲人"。二十世纪六十年代，我在伦敦大学玛丽女王学院教书，我还记得我带着学生一起读完《虚构集》和《阿莱夫》的时候，他们的那股惊讶劲儿。因为我对他们说，拉丁美洲有很多人指责博尔赫斯是个"欧洲主义者"，和英国作家差不了多少。他们无法理解这种评价。他们觉得这个作家的故事里融合了诸多不同的国家元素、时代元素、文化元素和主题，他们觉得这些故事和恰恰舞（那时很流行）一样，具有异域风情。他们并没有搞错。博尔赫斯绝对不是被某个民族的传统藩篱束缚起来的囚徒——欧洲作家很容易陷入这种困境，这也为他在文化空间中的自由移动提供了便利。这种自由驰骋还要归功于他掌握多门语言的事实。他身上具有世界主义特性，他对如此广阔的文化环境掌控自如，他借助他人的过去创造了属于自己的过去，这是成为阿根廷人或者说拉丁美洲人的一种深刻的方式。不过在博尔赫斯身上，他和欧洲文学之间的那种紧密联系是他修正个人地理认知范畴的一种方式，也是他成为博尔赫斯的一种方式。他的好奇心和内心的"魔鬼"被编织成了一件极具原创性的、属于他自己的文化织物，其中有诸多奇怪的融合因素。在他的笔下，史蒂文森的散文和《一千零一夜》（经英国人和法国人翻译的版本）与《马丁·菲耶罗》里的高乔人以及冰岛传说中的人物往来接触。在他的笔下，幻想色彩浓厚的布宜诺斯艾利斯城中的两个阿根廷人在一场争吵中掏刀子决斗，而那场争吵似乎是中世纪末期一场令两位基督教神学家丧生火海的争吵的延续。如同《阿莱夫》里卡洛斯·阿亨蒂诺的地下室一样，在博尔赫斯的奇幻世界中共生着千差万别的生活和事件。不过，与只限于混乱地反映组成宇宙的各种因素的荧幕故事不同，在博尔赫斯的作品中，所有因素都被同一种视野和同一种文字表述方式加以协调和评价，也是它们赋予了那些因素可自主调节的外形轮廓。

这从另一个方面说明，拉丁美洲作家是如何从博尔赫斯的范例中获益的。他不仅向我们展示了一个阿根廷人也能精妙地谈论莎士比亚，或是让人信服地讲述发生在阿伯丁的故事，同时还革新了这个地区在文体风格方面的传统。请注意：

我用的词是"范例",它的概念和"影响"不同。博尔赫斯的文字具有极高的原创性,他对某些动词、画面、形容词的开创性使用方式被众多崇拜者囫囵吞枣地进行了蹩脚的模仿。这是一种最迅速的"影响"的体现,因为博尔赫斯是用我们这门语言写作的作家中,成功创造出属于自己的表达方式和文字乐感(这是博尔赫斯本人的说法)的人,它们独创性十足,只有那些伟大的经典作家曾做到过这一点:克维多(这是他十分推崇的作家)或贡戈拉(这是他从未十分喜爱的作家)。我们只要一听就能辨识博尔赫斯的文字,有时只需要听到一句话或甚至一个简单的单词(例如"推想",又如做及物动词使用的"疲倦")即可知晓那是博尔赫斯的写作。

鲁文·达里奥曾以十分深刻的方式改变了西班牙语的诗歌语言,博尔赫斯则以同样深刻的方式革新了西班牙语的叙事语言。二者的区别就在于,达里奥从法国引入了一些表达方式和主题,把它们改造为适应他的风格、他的世界的东西。从某种层面上来看,因为它们表达的是一个时代或一个社会的情感(有时则表现得有些自命不凡),所以这些表达方式和主题也可以被其他人使用,也不会令它们失去自身的特点。博尔赫斯带来的革命是纯粹个人化的,只代表博尔赫斯自己;而且那种革命是以间接而微弱的方式展现出来的,既会在它自身赖以形成的环境中呈现，又对这种环境的构成起到了决定性作用（而这种环境也正是《南方》杂志的生存环境）。因此，别人一旦模仿那种风格，就会显得滑稽可笑。

当然了，这并不会降低博尔赫斯文字的重要性，也丝毫不会削弱他的文字带来的幸福感。他的文字就像美食，可以被逐字逐句地品味。博尔赫斯的文字所具有的革命性就在于，其中蕴含的思想几乎和文字的数量一样多，而且简洁又精准，这在英国文学甚至法国文学中都不算罕见，可在西班牙语文学中却鲜有先例。博尔赫斯笔下有个人物，女画家玛尔塔·皮萨罗①，她在阅读卢贡内斯和奥尔特加·伊·加塞特的作品时坚定了她的怀疑："她猜想这门自己命中注定要讲的语言并不适合表达思想或情感，而更适合堆砌废话以满足虚荣。"玩笑归玩笑，可如果把"情感"从这句话里剔除，那它竟会变得颇有见地了。西班牙语和意大利语或葡萄牙语一样，也充满了大量冗杂、炫目的词藻，能够极致地表达情感，但也因此在表达概念时不够精确。从塞万提斯开始，用我们的语言写作的伟大作家和作品如烟花般层出不穷，其中蕴含的每一种思想的身前、身边和身后都簇拥着阵容庞大的管家、

---

① 短篇小说《决斗》中的角色。

护卫和侍从,"他们"唯一的作用就是装饰。在我们的语言里,色彩、温度、乐感与思想同样重要,在某些特例中——例如莱萨马·利马的作品——前者更是压倒了后者。我们不能指责西班牙语典型的、无节制的修辞特征:它们表达了我们的民族特性和行为方式。在我们的传统中,感性和具体事物一向压制着理性和抽象事物。正因此,我们的文学传统中会出现"如此之多"(语出加夫列尔·菲拉特尔)的巴列-因克兰、阿尔丰索·雷耶斯、阿莱霍·卡彭铁尔或卡米洛·何塞·塞拉——我们仅以这四位超凡的作家为例——的模仿者。他们那华丽繁复的语言不会比瓦莱里或 T.S. 艾略特显得蹩脚或肤浅。那只是语言风格上的不同,就像伊比利亚美洲[①]民族和英国、法国民族之间存在差异一样。我们只有把思想融入情感和情绪中,或者说融入某些具体事物、经历过的经验之中,才能表达得更加清楚准确。我们很难通过逻辑缜密的文字把我们的想法呈现出来。(我们的文学如此丰富,哲学却这般贫瘠,可能原因就在这里,而且用我们这门语言写作的现代最伟大的思想家何塞·奥尔特加·伊·加塞特实际上也是一位文学家。)

---

① 指曾经是西班牙和葡萄牙殖民地的美洲国家。

在这个传统中,博尔赫斯创造出的文学风格无疑是另类,他坚定地抗拒西班牙语趋向无节制的天性,选择了最严格、克制的文风。要是说西班牙语因为有了博尔赫斯才变得"明智"起来,大概会冒犯其他用这门语言写作的作家,但实际上这种冒犯并不存在。因为我想要(对我刚才提到的"如此之多"的写作者)说的是,在博尔赫斯的文字中,逻辑和理性层面的东西总是比其他层面的东西要多,而后者又总是在为前者服务。博尔赫斯的文学世界充满清澈无污染的思想,而且这些思想总是十分奇特,是借由极度纯粹、严谨的语言表达出来的,这种语言从来不会背弃思想,不会让思想转而成为第二位的东西。最开始,写《探讨集》和《我希望的尺度》时的博尔赫斯还不是这样。他本人曾坦承,自己在写作方面欠了阿尔丰索·雷耶斯一笔债,他学会了要写得"直接、清楚",而不应该像自己的早期作品那样充满巴洛克风格、晦涩难解。"没有比思考更复杂的享受了,因此我们乐此不倦",《永生》的叙事者这样说道,这句话入木三分地描绘了博尔赫斯本人的情况:这则故事就象征着他的虚构世界,在那个世界里,思想上的东西总是能吞噬、瓦解物质上的东西。

这种文风彻底地展现了博尔赫斯的喜好和学识,在打造这种风格的过程中,博尔赫斯从根本上革新了我们的文体传统。他把我们的语言纯净化、理智化了,使它染上了具有博尔赫斯个人气质的色彩。他还证明了西班牙语——这门语言有时会像他笔下的人物玛尔塔·皮萨罗一样显得十分冷峻——有潜力变得比它的传统样貌更加丰富、更加灵活。只要有天才的作家进行尝试,西班牙语也能像法语一样精美而富有逻辑,还能像英语一样严谨又细致入微。从文学语言的角度来看,没有谁的作品能像博尔赫斯的作品这样对我们产生教导作用。那些文字告诉我们,没有什么东西是一成不变的,它们总是处于变化成型的过程中。

他不仅是我们这些作家里最富有智慧、最善于抽象的一位,同时还是一位杰出的短篇小说家,他的大部分短篇小说都具有使人着迷的魔力,它们就像侦探故事一般,不过博尔赫斯给这种文体又加上了许多形而上学的因素。与此对应的是,他对长篇小说一直表现得十分轻蔑:长篇小说的现实主义倾向使他生厌。尽管有亨利·詹姆斯和其他一些例外,可长篇小说这种文体势必要和人类的整体性经验糅合在一起——思想与本能、个体与社会、经验与梦境……它抗拒成为纯理论、纯艺术的东西。长篇小说这一文体先天的不完美性——它依赖污秽泥淖的人类而生存——使得博尔赫斯难以忍受。因此,在一九四一年,博尔赫斯在《小径分岔的花园》

序言中写下了这样的话:"撰写长篇小说是一件艰巨又耗人的工作,是想把一句话就可以说清楚的事情扩充到五百页的篇幅。"这句话的潜台词是:所有的书都是一场智力上的探索,是对某种论据或观点的发展阐述。如果这句话正确无误,那么一部虚构文学作品的细节处就会变成某些零散概念的肤浅堆叠了,仿佛它们像贝壳中的珍珠一样可以被抽离出来。《堂吉诃德》《白鲸》《帕尔马修道院》《群魔》能被简单归纳为一种或几种思想吗?因而,这句话不能给长篇小说下定义。不过它倒确实完美诠释了博尔赫斯的虚构作品的特点:那些作品中满是假说、思索、理论、学说和诡辩。

短篇小说篇幅短小、情节紧凑,最适合呈现博尔赫斯想要刻画的东西:时间、本体、梦境、游戏、现实的本质、二重身、永恒。他驾驭文学语言的能力十分高超,经他之手写出的作品会丢掉抽象性和肤浅性,转而获得某种吸引力,甚至戏剧性。那些占据他脑海的东西化身为故事,往往经过狡猾的设计,以某些具有现实主义特征的精确细节作为开端,有时还极具本土化色彩,而这些只是为了让故事在此后或以不可察觉的方式,或以突如其来的方式向幻想领域转变,又或者转变成哲学或神学方面的玄谈。在那些故事中,事实从来就不是最重要的东西,也不是真正意义上具有原创性的东西,真正重要的是那些解释事实的理论,以及由事实催生的阐释。如同他创作的《一个厌倦的人的乌托邦》中那个幽灵式的人物一样,事实"只是虚构和推理的出发点"。真实之物与非真实之物借由风格和自然性融为一体,而它们又正是叙事者赖以创造风格和自然性的东西。通常来说,叙事者还习惯展示某种嘲弄式的、让人瞠目结舌的博学,以及某种隐秘的怀疑主义精神,正是它们中和了故事中的那些无节制的东西。

这位作家是如此多愁善感(私下里,他是个儒雅又脆弱的人,尤其是在视力日益变差的情况下,他几乎已经算得上是个残疾人了),因而很多人会惊讶于他的短篇小说里有如此多的血腥和暴力。但其实他们根本就不该有这种感觉;文学是一种补偿式的现实,和博尔赫斯一样的例子还有很多。匕首、罪案、酷刑充斥他的书页,可是这些残忍的东西又被那种精巧的戏谑口吻拉远了距离,那种口吻就如光晕一般,总是笼罩在它们的周围,同样拉远距离的还有他文字中的那种冰冷的理性主义,他从不让自己被情绪牵引,也不坠入追求轰动效果的陷阱。这些都为他笔下那些肉体上的恐怖赋予了某种雕像般的特质、艺术式的性质,使它们成了非现实的现实。

他的祖先中有多名军人，有的还是战争英雄。某次他曾坦承，自己总会有种另类的感觉，因为他并没有成为祖先那种靠拳头说话的人，而是整天与书为伍。在现实生活中，他不是个勇士，于是他在虚构世界中过度地补偿了自己缺失的勇武。他的短篇小说里充斥着粗暴言行、恃强凌弱、挑战决斗和其他野蛮行径。他总是耽于城郊"恶棍"或草原"刀手"的形象及神话，那些体格健硕的男人如野兽般天真凶残，任由本能驱使，他们都是跟博尔赫斯本人截然相反的那类人。他的故事里有很多这样的角色，他赋予了他们博尔赫斯式的尊严，或者说艺术与智慧的尊严。显而易见，他创作的那些可怕的打手、暴徒和杀人犯都和他笔下的其他幻想人物一样，只是文学人物——都不是真实的。他们有时披着印第安人的斗篷，被打造成土生白人或当地高乔人的一员，这些都没能让他们显得比异教徒、魔法师、永生者或博学者更加真实，而这里罗列的人物也都是在博尔赫斯虚构世界的现时或往日中出现的角色。他们并非来自生活，而是生自文学。他们在本质上都是某些思想的代理人，那位伟大的文学巨匠利用充满智慧的语言文字赋予了那些思想有血有肉的躯体。

他的每一则短篇小说都是艺术珍品，其中有一些——如

《特隆、乌克巴尔、第三星球》[①]、《环形废墟》、《神学家》和《阿莱夫》等——都是这种文体的经典之作。除了出人意料的精巧主题之外，这些短篇小说还总有完美无瑕的形式设计，能够严格地按照作者的意图运转起来。作者对于叙事资源"经济化"的追求已经到达了病态的地步：故事中从来不会多出一条信息、一个单词，有时还会刻意省略某些成分，以此考验读者的智慧。异域性是这些故事中不可或缺的因素：事件发生在不同时空、不同地点，这种距离感会让故事更富有情调，或是让布宜诺斯艾利斯的郊区也带上神话色彩。在博尔赫斯撰写的一篇著名的前言中，他提到了一个人物："那个故事中的人物原本是个土耳其人，为了更好地凭直觉感受他，我把他改成了意大利人。"实际上，他习惯做的恰好是完全相反的事情；事物距离他和他的读者越遥远，他就越能更好地操纵它们，赋予它们神奇的特质，或是赋予那些不可思议的经验更强的说服力。但是，请注意，博尔赫斯短篇小说中的异域情调和本土色彩，与地域主义文学对它们的定义大相径庭，例如里卡多·吉拉尔德斯或西罗·阿莱格里亚这样的作家对它们的看法就和博尔赫

[①] 这篇小说的原文标题为"Tlön，Uqbar，Orbis Tertius"，其中的"Orbis Tertius"为拉丁文，字面意义为"第三个球体""第三个地球"等。本书采用的是《世界文学》2001年第三期中《博尔赫斯，哲学的安慰》一文的译法。

斯完全不一样。这些地域主义作家排斥异域性，结果是他们笔下的风土人情处处透着浓郁的乡土气息。在博尔赫斯笔下，异域就是某种不在场证明，可以帮助他用难以察觉的方式快速逃离现实世界，而且这种做法还得到了读者的认可——或者至少是忽略，就像《秘密的奇迹》中的那位"英雄人物"所相信的那样，对博尔赫斯而言，他逃往的那个非现实世界"是进行艺术创造的先决条件"。

博尔赫斯的短篇小说中，另一个与异域性不可分割的因素是博学，而且是在一些非常专业的知识领域内的博学，大多数情况下是文学领域，但也可能涉及语言、历史、哲学或神学。这些专业知识是被有些随便地、甚至傲慢地展示出来的，已经达到了卖弄学识的边缘，但是从未真正越界。博尔赫斯的文化知识渊博无界，可在他的故事里出现如此多的专业知识，其目的却绝非向读者宣教。那也是他文学创作策略中的关键一环，它的作用和充满异域情调的地点和人物一样：给故事渲染某种色调、增添某种独特的氛围。换句话说，博学的最主要作用是在文学层面上的，关于某个学科的知识被抹去了自身学科的特质，这种特质被替代了，或者被次要化了，它在故事中有了新的需要完成的任务：有时是装饰物，有时又变成了象征物。就这样，在博尔赫斯的短篇小说中，神学、哲学、语言学和其他专业知识都变成了文学，它们失去了本身的特质，披上了虚构的外衣，变成了文学幻想的内容或组成部分。

"我浸泡在文学中。"博尔赫斯这样对《我们的作家》一书的作者路易斯·哈斯说道。不仅他本人是这样，就连他创造的虚构世界也已被文学渗进了骨髓。他的虚构世界在所有虚构世界之中也算得上是文学性最强的之一，因为在里面，由其他作家创造的人物、神话和语言大量、持续地涌现出来，他们如此生动，甚至在某种形式上篡夺了常以文学作品背景出现的客观现实的地位。博尔赫斯虚构世界的参照物是文学。"我读过许多东西，自己经历过的却很少。换句话说，我经历过的事情中，比叔本华的思想或英语的音乐性更让我难忘的怕是不多。"博尔赫斯在《创造者》[①]的后记中不无卖弄地写道。我们不应该把这句话完全当真，因为哪怕是再舒适安逸的生活，也终究蕴含着比最深刻的诗歌或最复杂的思想体系更加丰富、神秘的东西。不过那句话对博尔赫斯的艺术本质做了真实解读。要说给世界文学打上个人印记、催使它进行革新，没有任何一个现代作家能超过博尔赫斯。他的虚构文

---

① 即 *El hacedor*，字面意思为"创造者"，是博尔赫斯于1960年出版的诗集。上海译文出版社2016年版（林之木译）译作"诗人"。

学作品尽管篇幅都不长，可是回音绕梁，弥漫于文学版图的各个角落。喜欢刨根寻底的评论家们对博尔赫斯作品的热情大概就来源于此，因为他们可以无休止地探查博尔赫斯的文学灵感来源。这自然是一桩苦差事，也是一份无用功，因为那些短篇小说之所以伟大，根源并不在于博尔赫斯使用了哪些叙事原材料，而在于他将原材料变形后创造的产物：一个小型的虚构世界，其中生活着老虎和高文化素养的读者，满是暴力事件和怪异教派、胆怯懦弱的行径和无休止的英雄精神，文字和梦境有时会在那里化为客观现实，使奇思妙想变成合理存在的智力活动，凌驾于其他所有生活表征之上。

那个世界只在这层意义上是幻想世界：它里面生活着超自然生物、发生着奇迹般的事件。它与另一层面无涉：在那个层面中，博尔赫斯经常会趋近那个游戏式的、不负责任的、脱离历史甚至人性的世界。这是他自青年时期信奉极端派[1]时就常有的倾向，他自始至终都没有完全将之舍弃。尽管在涉及生死、人类命运、死后世界等主题时，他的作品中不乏游戏之语，而且疑惑多于确定，可那个世界绝对没有脱离日常生活及经验，不能说它缺乏社会根基。和所有流芳百世的文

---

[1] 极端派是20世纪早期的艺术运动，1921年由博尔赫斯引入阿根廷。

学作品一样，博尔赫斯的文学世界也立足于存在的本源之上，这是人类共有的本质。难道说那个世界还可能是别的什么样子吗？没有任何一部脱离生活、无法帮助读者进行幻想或摆脱某种真实经验的文学作品能流传下去。博尔赫斯的世界之所以独特，就在于存在之物、历史之物、性爱、心理、情感、本能等都在其中被消解了，进而融入了纯智力的维度之中。而生活，这种炙热且混乱的骚动之物，被博尔赫斯加工成了文学神话，被升华、被概念化，然后才来到读者面前。博尔赫斯的加工方式如此纯粹、完满又完美，有时没有使生活洗练，反倒是将之清除了。

诗歌、散文和短篇小说在博尔赫斯的作品中是互为补充的，而且有时我们很难判断某个文本属于哪种文体。他的有些诗歌是在讲故事，又有很多短篇小说（尤其是最短的那些）有散文诗般紧密精致的结构。不过在博尔赫斯笔下，更具有互动互换关系的文体还是散文和短篇小说，二者之间的界限甚至已经消融了，混成了一个整体。纳博科夫的长篇小说《微暗的火》也有类似的设计——那部虚构文学作品是以诗歌的形式被呈现出来的，甫一出版就被西方评论界大加赞赏。它当然配得上那些赞誉。不过事实上，博尔赫斯在许多年前就已经在做类似的事情了，而且写得同样精彩。他的某些最费心思建构的故事，例如《接近阿尔莫塔辛》《〈吉诃德〉的作者皮埃尔·梅纳尔》《赫伯特·奎因作品分析》都伪装成了书评或传记的样子。在他的大多数短篇小说中，他在创造虚构现实时走的总是条蜿蜒曲折的小路，佯装回顾历史或点评哲学、神学问题的模样。博尔赫斯拥有极高的智识水平，足以保障这些惊险的动作顺利完成，因为他始终明白自己在说些什么。他笔下的虚构之物的本质特征就隐藏在那些模棱两可的故事中，那些故事里满是虚假的真实和真实的谎言，这也是博尔赫斯的文学世界最典型的特征之一。他的许多散文作品的特点则刚好相反，例如《永恒史》或《想象中的动物》。博尔赫斯以坚实的知识体系为基础，在其中的缝隙处构建文字，加入幻想和非真实的成分，于是这些文字就成了奇幻之物、纯粹的创造物，也就更加趋近虚构文学作品了。

一部文学作品，哪怕再丰富和完整，也必然会有缺陷。博尔赫斯的作品有时会表现出文化上的民族优越感。在他的短篇小说中，黑人、印第安人、广义上的原始人经常是以本体论意义上的次等人身份出现的，他们的野蛮不是由历史或社会环境造成的，而是由种族天性决定的。他们代表"下等人种"，是与博尔赫斯所理解的"优秀人种"格格不入的：他最看重的是文学文化素养和智力水平。当然博尔赫斯并非刻意为之，也从未承认过这种倾向：这是从他的字里行间流露出来的，或是由某些特定行为表现出来的。和T.S.艾略特、帕皮尼或皮奥·巴罗哈一样，在博尔赫斯看来，能配得上"文明"二字的就只有西方文明、城市文明或几乎可以总结为白人文明的那种文明。东方文明也不能算作野蛮，但只能算是某种附属品，无论是中国、波斯、日本或是阿拉伯的东西都被改造成了欧洲化的样子。至于其他文化，例如印第安文化和非洲文化，尽管也是拉丁美洲现实的组成部分，可由于其在阿根廷社会中缺乏存在感，而博尔赫斯人生中的大部分时光又都是在那个国家度过的，因此它们在他的作品中更多是作为某种参照物——而非独立的人类文化——出现的。这种局限性自然不会破坏博尔赫斯作品中其他令人钦佩的价值，不过在整体评价博尔赫斯的文学世界时，最好还是不要避开这些不谈。也许这种局限性正是他的缺陷的又一体现，可博尔赫斯本人也曾不厌其烦地重复如下表述：这个世界上不存在绝对的完美。哪怕在博尔赫斯这样的创作者写出的艺术珍品之中也不存在，不过它们已经接近完美了。

马尔韦利亚，一九八七年十月十五日

博尔赫斯在巴黎

法国以极高规格庆祝博尔赫斯诞辰一百周年（1899—1999）：各种杂志和文学副刊推出专刊，文章如雨后春笋般涌现。他的书纷纷再版，他还获得了一个作家能拥有的最高荣誉——入选象征不朽的七星文库。七星文库推出了两大卷的博尔赫斯作品集和一部特殊影集，里面收录了作家一生的图像资料。在美术学院，由玛利亚·儿玉和博尔赫斯基金会组织的展览被设计成了迷宫的形状，展览的是作家从出生到死亡的人生轨迹，包括他读过的书、写出的作品、旅行和获得的无数荣誉。知识界和政界的诸多名人拥挤在开幕式现场，无论你相信与否，现场还有很多漂亮姑娘，她们身穿白色或黑色的polo衫，衣服上印着博尔赫斯的名字。

在发现外国的艺术天才方面，没有哪个国家做得比法国更好。法国人会赞颂他们，把他们放在聚光灯下，使他们融入法国文化。看着法国人庆祝《虚构集》作者百年诞辰的那股热情和幸福劲儿，我这几天不禁生出了一种错觉，仿佛博尔赫斯不是萨米恩托和比奥伊·卡萨雷斯的同胞，而与圣-琼·佩斯和瓦莱里来自同一国度。好吧，尽管事实并非如此，我们也应当承认，若不是法国人对他的作品表现出了如此的热情，他的作品很可能无法（这么迅速地）获得认可：从六十年代起，博尔赫斯已经成了世界上所有语言作家中最受崇敬、被模仿最多、也被翻译最多的作家之一了。

我可以不无骄傲地说，自己是法国人一九六三年对博尔赫斯"一见钟情"的见证者。他当时来到巴黎参加联合国教科文组织主办的一场向莎士比亚致敬的活动，罗杰·凯鲁瓦①兴奋地用连珠妙语介绍了这位半残疾、过早衰老的人，而他的发言则震惊了所有人。在他之前发言的有天才的劳伦斯·达雷尔②，他把那位诗人和好莱坞做了一番比较；之后发言的是朱塞培·翁加雷蒂③，他以出众的表演才华朗读了由他翻译成意大利语的莎士比亚的几首诗歌。博尔赫斯发言时所用的法语干净流利，他畅想为何有些作家能够成为某种文化

---

① 罗杰·凯鲁瓦（Roger Caillois，1913—1978），法国社会学家。
② 劳伦斯·达雷尔（Lawrence Durrell，1912—1990），英国小说家、诗人、剧作家。
③ 朱塞培·翁加雷蒂（Giuseppe Ungaretti，1888—1970），意大利诗人、散文家。

的象征物：但丁之于意大利文化；塞万提斯之于西班牙文化；歌德之于德国文化。他进而解释莎士比亚是如何在作品中隐去身形，使自己的角色变得更加纯正自由的，而那正是莎士比亚的原创性和敏锐性之所在。几天之后，他又在拉丁美洲学院进行了演讲，现场挤满了人，还吸引来了一大批当时最火的作家，罗兰·巴特也在其中。那是我经历过的最令我眼花缭乱的讲座之一。演讲的主题是幻想文学，穿插了许多不同时代、不同语种的短篇和长篇小说的介绍，而最适合幻想文学"掩盖非现实性"的文体正是短篇和长篇小说。博尔赫斯坐在讲台后面一动不动，语气像是在说悄悄话，又像是在请求原谅，但他实际上十分从容自负。世界文学似乎囫囵个儿地被塞进了那位主讲人的头脑中，他的论述既优雅又狡黠。"你确定这个作家来自高乔人的国度吗？"一个瞠目结舌的听众喊道，边喊还边发疯似的鼓着掌（博尔赫斯已经用一个足以引发轰动的问题为他的演讲画上了休止符："那么现在就由诸位来决定吧，大家是要进入现实主义文学还是幻想文学中呢？"）。

他的确来自高乔人的国度，这没错，不过他身上既没有异乡气，也没有原始感，他的作品也不靠本土色彩取胜。当时他已经写出多部大师级的作品了，但名气还只局限在小圈子里，甚至在他的祖国，他的短篇小说和散文也都是在一些不起眼的小出版社出版的。就是在那场造访之后，法国把他从那个使他逐渐丧失生气的暗洞中拉了出来。《赫尔内》杂志为他推出了专刊，米歇尔·福柯在那十年里最具影响力的哲学著作——《词与物》——的开头便引用了博尔赫斯的句子。在世界范围内出现了博尔赫斯热：从《费加罗报》到《新观察家》，从萨特主编的《现代》杂志到阿拉贡的《法兰西文学报》。同样是在那些年里，在文化领域，法国一向引领风潮，拉丁美洲人、西班牙人、美国人、意大利人、德国人，等等，也都跟随法国人的脚步，开始阅读博尔赫斯了。那种狂热在作家百年诞辰之际，在奢靡欢闹的氛围中达到了顶峰。

在那次访问巴黎的行程中，博尔赫斯接受了法国电视广播台的一位肤色微深的记者的访谈（上千场访谈中的一场），那位记者也正是写下这篇文章的笔者。当时的博尔赫斯还不能算是公众人物。后来的他将会为名声所累，变成个举手投足、言谈举止都有些刻板的人；可当时的他还是个单纯、羞涩的布宜诺斯艾利斯知识分子，总喜欢靠在自己母亲身边，还无法理解人们对他突然生出的好奇心和崇敬感。一时间，如此多的奖项、赞誉、研究和致敬让他有些惶恐不安，层出不穷的模仿者也让他感到很不舒服：很难确定他最终是否适应了新的角色。也许他适应了，因为在美术学院展览的那些令人眼花缭乱的照片中我们能看到他四处接受勋章和博士学位、登上各种讲台演讲赋诗的场景。

但是事情的表面总是带有欺骗性。照片中的那位博尔赫斯不是他本人，而是那位存在于他散文中的莎士比亚，是个幻影，是个模仿者，那个人代表博尔赫斯走遍世界，不断重复人们希望听到博尔赫斯谈论的东西，例如迷宫、老虎、恶棍、刀手、威尔斯的未来玫瑰、史蒂文森的瞎子船员和《一千零一夜》。一九六三年的那场访谈是我第一次和他本人交谈，我很确定我至少在某个时刻真的和他做了交流、有了联系。在接下来的很多年里我都没再体验过那种感觉。后来我又见到过他许多次，在伦敦、布宜诺斯艾利斯、纽约、利马，我再次采访了他，最后一次见面时我甚至在自己家里接待了他几个小时。但没有一次我能感觉到我们在交流。后来的他面前只剩下了听众，已经不再有对谈者了，也许连听众都只有一人——那人不断变换着面孔、姓名和聆听地点，他用无尽的独白逐渐卸去伪装，他一直把自己囚禁或埋葬在假面之后，为的是和他笔下的某个人物一样逃离他人，甚至逃离现实。他是这个世界上最受追捧的人之一，可他给我留下了这样一种印象：我从他身上感受到了巨大的孤独。

法国人把他打造成了名人，他究竟是感到更幸福了，还是更不幸福了呢？我们当然没办法搞清楚答案。不过一切迹象表明，与他的公众形象截然相反，他本人并没有多少世间的虚荣感，他十分怀疑自己的作品是否真的有传世价值，诸多官方认可也总让他感到德不配位。也许只有阅读、思考和写作能让他感受到真正的愉悦；其他事情都是次要的，由于受过良好的教育，他决定默默接受它们、迎合它们，可他对它们也不抱太多信念。因此，他才会写下那句著名的话（他还是同时代作家中最擅写名言金句的一位）："我读过许多东西，自己经历过的却很少。"这句话是对他最恰当的描述。

可以肯定的是，尽管他生命中的最后二十年是在公众的注视下度过的，他却从未清晰地认识到自己的作品对他那个时代的文学产生了怎样巨大的影响，也不清楚他的写作方式对西班牙语文学的革新有着怎样深远的意义。博尔赫斯的文风睿智利落，如数学般精确，他大胆运用形容词，写出诸多奇思妙想，他的作品总是一字不多、一字不少。他的作品如此完美，就像令人不安的谜团，使我们趋之若鹜。他曾多次表示西班牙语无力追求精准与多彩，但与他的这种悲观论调相悖的是，他的风格证明西班牙语也能像法语一样精美而富有逻辑，还能像英语一样严谨又细致入微。博尔赫斯的风格是这个即将结束的世纪中的诸多美学奇迹之一,把西班牙语从堆砌修辞、强调重复中解救了出来,而那些元素几乎窒息了这门语言。他净化了西班牙语,几乎到了"厌恶"修辞的程度,他迫使我们的语言变得"睿智"。(要找到另一位和他一样"睿智"的作家,我们得回溯很久,回到博尔赫斯十分喜爱的克维多那里,博尔赫斯曾出版过带有他的注评的克维多选集。)

博尔赫斯的文字中满是道理和思想,充满智力思辨,和克维多的作品一样,他的作品中也有很多超脱人性的因素。那种行文方式帮助他写出了诸多经典的幻想故事,还有那些能把一切存在物都转化成文学素材的散文和那些不乏理智的诗歌作品。不过那种文风使他不可能创作长篇小说,这一点和T.S.艾略特相似,后者同样睿智超群,却也因此削弱了他从生活中汲取文学养分的能力。因为长篇小说是作为整体的人类经验的领土,与生活联系密切,处处透着不完美。长篇小说中总是混杂着智力与激情、知识与本能、情感与直觉,存在多种类的、不平衡的物质材料要压倒思想,可这绝不意味着长篇小说不能传递思想。因此,伟大的长篇小说作家从来就不是"完美的"写作者。毫无疑问,这正是博尔赫斯一直反感长篇小说文体的原因,他曾在另一句名言中用"贫穷而任性"来形容长篇小说作家。

他的文字和演讲中总是不乏游戏和幽默，它们也曾引发数不胜数的误解。缺乏幽默感的人是无法读懂博尔赫斯的。年轻的博尔赫斯曾是个爱挑衅的唯美主义者，后来他曾承认自己青年时"投身极端派是个错误"，可他从未放弃在暗地里保持傲慢的先锋派人士的身份，大放傲慢之辞总能令他感到愉悦。让我感到奇怪的是，关于他的书已经出版了无数本，可是仍没有一本博尔赫斯的精彩语录问世。例如他曾把洛尔迦称为"职业安达卢西亚人"①，还说过"满身尘土的马查多"② 这种话——他曾改动过马列亚的一部小说的书名（《读者终将消亡》③）。在向萨瓦托致敬时，他说："任何读者都可以手捧萨瓦托的书而不冒任何风险。"在马岛战争期间，他还说了一句更加大胆却也更加有趣的话："这是两个秃子为了争夺一把梳子掀起的争斗。"他的话语总不乏幽默，这揭示出这个"浸泡在文学中"的人在内心深处隐藏的俏皮、狡猾和生命力。

巴黎，一九九九年五月

---

① 加西亚·洛尔迦的作品中多有西班牙安达卢西亚地区文化元素。
② 西班牙的土地、农村等是安东尼奥·马查多诗歌常写的主题。
③ 改动的是阿根廷作家爱德华多·马列亚（Eduardo Mallea, 1903—1982）的小说《青春终将消亡》(*Todo verdor perecerá*)，《读者终将消亡》的西班牙语写法为 *Todo lector perecerá*。

博尔赫斯与政治

由于博尔赫斯写的东西篇幅都不长,所以有一种错误的观点认为,他的作品并不厚重。事实上他写了很多东西;如今,在他去世之后,他的作品仍然在不断问世,每年、每月都有他的文字如雨水般洒在日益增多的崇拜者身上。那些书大部分都质量不高,而且是被别有用心地结集出版的,那些文章或短评的出版是违背作家本人意愿的,博尔赫斯认为那些文字不应该以书的形式存在。不过其中也有一些作品受到了读者的追捧,因为那些有趣的文字丰富了我们对博尔赫斯文学世界的认知。

例如《博尔赫斯在〈南方〉杂志(1931—1980)》[①],莎拉·路易莎·德尔卡里尔和梅赛德斯·卢比奥·德索奇把博尔赫斯在《南方》杂志发表的所有文字都结集成书出版,而那些文字"曾长期不为读者所知"。这本书虽然由短评、书评、影评、信件、演讲稿、调查表和其他文章组成,但阅读它们也能带来和阅读博尔赫斯结集成书的散文和短篇小说一样的快乐。因为所有这些文字都是以博尔赫斯的文学创作风格写成的，用词考究又充满智慧，还不乏讽刺（可能在某些争议事件中，博尔赫斯的话不会永远保持生命力，例如他在给埃斯基埃尔·马丁内斯·埃斯特雷亚②的回信中，称后者为军事独裁政权的"有偿逢迎者"）、幽默和渊博的文学知识。纪德曾在他的《日记》中表示他和撰稿室同事们在《新法兰西评论》中所写的最具创造性、最严谨的东西正是那些最常被人忽略的文字，换句话说，是短评和书评，它们通常是用来填充版面的，那份出版物最终能取得如此巨大的声望，短评、书评和其他种类的文字同样功不可没。同样的情况也发生在了《南方》杂志上，几乎在每一期杂志中，博尔赫斯都会负责写一些背景介绍式的短文。我们在阅读这些文字后会发现，这份由维多利亚·奥坎波创办并主编的伟大的阿根廷刊物的灵魂就蕴藏其中。杂志的创办者和主编的确是维多利亚·奥坎波，这没错，这份刊物也确实给她的祖国、拉丁美洲和西班牙语带来了巨大的影响，不过让这份刊物真正具有

---

① 艾美塞出版社，布宜诺斯艾利斯，1999年。——原注。
② 原文为埃斯基埃尔·马丁内斯·埃斯特雷亚（Ezequiel Martínez Estrella），疑误，可能为阿根廷作家埃斯基埃尔·马丁内斯·埃斯特拉达（Ezequiel Martínez Estrada，1895—1964）。

个性、特点、导向作用——包括某些嗜好和憎恶情绪、知识水平和道德标准的却是博尔赫斯。刊物的每一页、每一句话都在揭示博尔赫斯的领导地位：他对世界上的所有语言、所有文化（尤其是英国文化）都抱有好奇心，他坚决抵制风俗主义文学和地域主义文学，对服务于宗教或意识形态的文学嗤之以鼻，在文化方面则反对民族主义和沙文主义，他始终严苛地遵循着自己的喜恶标准。

　　那些文字同时还让我们对博尔赫斯的政治观点及态度有了十分清晰的概念。他在这个方面至今仍存在着许多让人疑惑的地方，我们对涉及政治的博尔赫斯的认知更多来自刻板印象。博尔赫斯的确对政治提不起兴趣，但这并不能表示他与政治毫无关系：轻视政治和重视政治一样，都是一种政治姿态。事实上，他的轻视正来自他的怀疑主义态度，他无力保持任何信仰，无论是宗教信仰还是政治信仰。贝克莱主教认为现实是不存在的，存在的只不过是一种蜃景，整个宇宙皆为虚构，现实只存在于我们的思想或幻想中。博尔赫斯曾是个把贝克莱主教的理想主义理念奉为圭臬的不可知论者，他又怎么会是个对政治抱有热情的人呢？至于参与政治活动就更不用提了。当然了，他喜欢拿政治主题做游戏，但那种游戏是用来验证物质世界、历史和客观现实的非实存性，唯一存在的就是梦境和虚构。这游戏变成了一种严肃信仰,不仅成了他的作品中最常出现、最具原创性的主题之一,还演变成了他对现实的定义。

可是这个不可知论者及怀疑论者无力接受上帝的存在,也对政治层面的狭隘的爱国主义情绪嗤之以鼻。博尔赫斯在很多场合表达过上述倾向,而《博尔赫斯在〈南方〉杂志(1931—1980)》的文字对此也是一种佐证,它们把博尔赫斯的政治喜恶解释得非常清楚。他曾有一次自称是"斯宾塞式无政府主义者",这种表述并无太大实际意义。实际上他是个固执的个人主义者,要让他在独立性方面做出一丁点让步都是不可能的,更不用说以群体性取代个体性了,因此,这种立场把他变成了所有集体主义政治学说和团体的敌人,例如法西斯主义、纳粹主义,他是它们一生的仇敌。

在三四十年代的阿根廷,当一位个人主义者是需要信念和勇气的。庇隆主义者们成功地使当下的人们忘掉了一个事实:在那些年里,庇隆和他的政府实际上正在向纳粹主义迈进,他们在二战期间是支持轴心国的,并且向他们提供了许多支持(有些被披露出来了,有些则没有),无论是在知识界还是在政治界,庇隆独裁政权比起同盟国来,走得离希特勒和墨索里尼更近,只是在前者即将取得战争胜利时,他们才如墙头草般倒了过去。尽管不无炫耀的意思，博尔赫斯经常宣称自己缺乏"任何类型的英雄主义气概和政治才华"，在那些年写成的文章里，博尔赫斯不停地控诉纳粹的种族主义政策及"仇恨教育"，同时维护犹太人，在战时坚定地站在同盟国一边抵制德国。（"从心理的角度来看，纳粹主义只不过是折磨着所有人的一种偏见激化的产物：人们都认为自己的祖国、语言、宗教和血统是最优越的。"）由于"支持同盟国"，庇隆政府决定惩戒他，于是剥夺了他的公职——布宜诺斯艾利斯南区一家市级图书馆的三级助理职务，改派他担任"市场鸡兔稽查员"（换句话说就是看管鸡舍的人）。

博尔赫斯清楚地看到纳粹主义身上长出的那个赘生物，它象征着更广泛、更庞大的恶：民族主义。无论是在文化领域还是政治领域，他始终清楚地控诉民族主义，而且创作过许多相关的箴言警句。他不仅能用寥寥数语表述一个复杂的论点，还能提前堵上所有可能出现的可被别人钻空子批判的漏洞。他时常嘲笑那些"浑浊的爱国主义情感"，认为那种情绪也可以用来判断艺术品是否平庸："就因为一个人是在这个国家土生土长起来的，为这个国家魂牵梦绕，哪怕是个滑稽可笑的人我们也要赞美他，或者说只要是国内生产的东西，无论自己多么厌恶也要表示喜爱，这些做法让我觉得很荒唐。"没什么比人们指责他、维多利亚·奥坎波或《南方》杂志"缺乏阿根廷本土性"更让他愤怒的事情了。他精彩地写道："做出那种指控的都是些所谓的民族主义者，换句话说，是一群一方面赞颂带有民族性、阿根廷因素的东西，另一方面却对阿根廷毫无概念的人，他们认为我们阿根廷人命中注定与本国事物捆绑在一起，认为我们配不上思考带有普世价值的东西。"

因此，博尔赫斯宣称："我厌恶民族主义，因为它是我们这个时代造就的邪恶。"他理所当然地走到了这个概念的对立面上去，"认为整个世界都是我们的祖国"，这种想法同时激怒了左翼和右翼。虽然他们在很多问题上都持对立看法，可是在"民族情感"和煽动人民的爱国情绪方面却时常能站到同一阵线上来。维多利亚·奥坎波去世后，博尔赫斯在一场向她致敬的活动中清楚地表达了他成为世界公民的理想："成为世界公民既不意味着对自己的祖国麻木不仁，也不意味着对其他国家曲意逢迎。它代表一种慷慨的雄心，那种人要关心世界上的所有国家，关注所有时期发生的事情，那是一种关乎永生的愿望……"

那不只是虚张声势的修辞。为了表现自己严肃的反民族主义信念，博尔赫斯在马岛战争期间曾写诗反战（"这是两个秃子为了争夺一把梳子掀起的争斗"，他这样嘲讽道）。他还做过类似的事情，反对阿根廷和智利之间爆发的冲突，他当时在反对政府采取军事行动的抗议书上签了名，和他站在同一阵营的只有寥寥数位阿根廷知识分子。他对民族主义的恐惧，部分地解释了他为何仇视庇隆独裁政权，在该政权持续的十二年里（"充满耻辱与专横的岁月"，他这样定义那段时光），他始终坚持着同样的态度。"独裁者滋生了恶"，他曾这样说道，不过很多时候他会接着回忆起，"九月的一天清晨，革命胜利给他带来的喜悦"，正是那场胜利推翻了庇隆政府。

不过，所有这些行为的连续性，随着博尔赫斯公然支持两届阿根廷军事独裁政府而告断裂，首先是推翻庇隆的军事独裁政权（阿兰布鲁和罗哈斯的政权①），接着是为伊莎贝尔·庇隆政府画上休止符的军事独裁政权（魏地拉政权②）。这种支持的性质与他在二战时期支持同盟国、反对纳粹的举动完全不同，也与他本人在一九四六年八月的一次演讲时给独裁政权下的定义自相矛盾："独裁政权强化压迫、奴役、残忍恶行；但最可恶的还是强化愚蠢。"

如何解释这种矛盾呢？首先必须考虑环境因素。阿兰布

---

① 1955 至 1958 年。
② 1976 至 1981 年。

鲁的军事叛乱终结了万恶的庇隆民族主义、民粹主义暴君统治，庇隆不仅打断了阿根廷的民主进程，还使它退步成了欠发达的贫穷国家，而在三十年前它还是世界上最现代和繁荣的国度之一。认为庇隆主义的终结就代表民主的到来，这种幻想可以解释博尔赫斯对那届军政府最初表现出的好感。可是后来呢？后来军政府的所作所为证明它并非民主政府，而是另一个独裁政府，尽管信仰的意识形态不同，然而可耻程度不亚于庇隆政府，它依旧在推行镇压、审查、囚禁和屠杀的政策。此时就很难用单纯的幻想来解释博尔赫斯对该政府表达出的善意了，不仅如此，他还毫不掩饰地接受了该政府的任命及嘉奖。

更让人难以理解的是博尔赫斯从一开始就对魏地拉将军的独裁政权表现出了支持的态度，彼时阿根廷的民主刚刚复兴，可伊莎贝尔·庇隆与她的幕僚洛佩斯·雷加搞出的一系列离奇政策使民主进程触底，彻底扑灭了民主复兴的火苗。然而魏地拉政权是拉丁美洲出现过的最背德又血腥的军事独裁政权之一，它在酷刑、虐杀、审查、镇压等方面表现得更加凶残，比起之前那些独裁政权的凶狠程度有过之而无不及。诚然，博尔赫斯管军事委员会的成员叫"先生们"，并和他们一起在玫瑰宫喝茶时，魏地拉才刚刚上台，后来触目惊心的那些压迫行动还未出现。而且后来，尤其是在阿根廷和智利在比格尔海峡问题上产生分歧时，博尔赫斯与军政府划清了界限，后者还曾粗暴地封禁过他的作品，可是为时已晚，这种姿态不足以消除他曾经给他的敌人们以及满怀热情的崇拜者们（包括本文作者在内）带去的巨大震惊感，毕竟他曾在长达数年的时间里与那个沾满鲜血的专制政府保持公开的联系。博尔赫斯曾在面对庇隆主义、纳粹主义和民族主义时表现得如此明智，此时却在政治和道德方面表现得如此盲目，这该做何解释呢？

也许，因为他对阿根廷和拉丁美洲一直抱持怀疑主义立场，所以他在与民主的联系方面显得不仅谨小慎微，而且如履薄冰。他曾不止一次戏言，民主只是对统计数字的滥用，或是自问阿根廷人、拉丁美洲人是不是"配得上"民主政体。他在内心深处给出的显然是否定答案，他认为只有那些他深爱的古老而遥远的国家才配得上民主，例如英国或瑞士，可是这边的国家很难提供发展民主的土壤，正如他在描述自己一九二一年左右返回拉丁美洲后的感受时所说："这是一片枯燥乏味的土地，如今连炫目的野蛮都称不上，就更别提文明了。"这句话是他在一九五二年说的。在阅读过《博尔赫斯在〈南方〉杂志（1931—1980）》里收录的文章后，我们可以确信，直到他生命中最后的那段时日（具有象征意义的是，他选择在自己青年时期待过的瑞士度过最后那段时光），他的观点依然没有发生改变：他的祖国和拉丁美洲其他国家一样，也许确实已经把纯粹的野蛮抛在身后了，可距离文明社会（民主和文化发展的土壤）还差得很远。这种对这片大陆的悲观看法也许可以解释，为何这位漠视佛朗哥或希特勒的清高的幻想家竟然会接受皮诺切特的邀请，甚至领取后者颁发的勋章。

这本书中在文学领域最大的缺席者恰恰是拉丁美洲文学。除了博尔赫斯钦慕的阿尔丰索·雷耶斯之外，拉丁美洲文学只是在博尔赫斯提及译本被译成英文的诗歌选集时才偶有露面，而且遭到了无情的批判："维多夫罗、佩拉尔塔、卡雷拉·安德拉德等人的诗歌最大的败笔倒不在于对令人眼花缭乱的修辞的滥用，而在于他们不知疲惫地追求的那种平庸氛围上，何况他们不知疲惫地找也始终没能找到。"同样的轻视还隐含在另一句更加宽泛的判断之中："西班牙语文学从传统上来看就是贫瘠的。"博尔赫斯在《恶棍列传》的众多精彩故事中的一篇里描述了比尔·哈里根（又名"小子"比来）的罪行，说他"身上背了二十一条人命——还不算墨西哥人"，这句话不应仅被当作他的经典黑色幽默言辞之一来看，我认为在这句描述中可能还隐藏着他直到生命中最后的时日仍在坚持的一种想法：拉丁美洲并不存在。换句话说，它的存在并不完整，它没有那么重要，因为它脱离于文明之外，或者说脱离于文学之外。

有人认为一个作家的作品可以与他的政治思想、信仰、社会和伦理方面的喜恶毫无关联，这种看法并不准确。相反，所有这一切都是作家用来在虚构作品中遣词造句、驰骋思想的工具和基础的组成部分。博尔赫斯可能是自塞万提斯或克维多等经典作家之后用西班牙语写作的最伟大的作家，博尔赫斯极为推崇克维多，然而克维多的天才之中混杂着某种超脱人性的东西，这可能恰恰出自他对极致完美的追求。在这方面，克维多和博尔赫斯的情况很像，而塞万提斯则与他们不同。这种局限性并未体现在博尔赫斯完美的散文作品或极具原创性的、精致的虚构作品中；可是它体现在了他看待及理解他人生活的方面。不过他的生活又在某种事物的作用下和他人的生活混杂在了一起，那种事物恰恰是被博尔赫斯鄙夷的东西，然而有时候它也确实应当遭受鄙夷：那就是政治。

华盛顿，一九九九年十月

奥内蒂与博尔赫斯

我们现在来聊一聊豪尔赫·路易斯·博尔赫斯对胡安·卡洛斯·奥内蒂产生的影响。乍看上去,这两位作家似乎相去甚远。博尔赫斯的散文、短篇小说和诗歌中处处是文化和文学方面的典故,也处处透着他的博学。可奥内蒂的作品不是这样。奥内蒂的特点之一就是讨厌纯粹的文字智力游戏和掉书袋,而博尔赫斯把这些变成了他创造属于自己的文学世界的独特方式,这种方式狡黠、戏谑又精致。博尔赫斯痴迷抽象主题,例如时间、永恒和非现实,奥内蒂则对这些主题十分冷漠。幻想和虚构的因素也出现在奥内蒂的作品中,可它们从来都不是抽象的,它们被此时、此地吸收掉了,成了某种实体存在物。

博尔赫斯和奥内蒂的行文方式也大相径庭。博尔赫斯的文风讲求精确干脆、清楚具体,文字中闪耀着炫目的智慧和怀疑的态度,在他的笔下,一切都能变成游戏——哲学、神学、地理、历史,尤其是文学。他以此构建了一个充斥着概念和思想愿景的世界,那个世界摆脱了物质性、激情和人类的动物本能。奥内蒂的世界则不同,他的文字如迷宫一般,让人痛苦难熬,里面有大量的心理描写,都是博尔赫斯在小说中力求根除的东西。奥内蒂的世界扎根在性爱与肉欲的深处,他笔下的人物总有一种毁灭他人也毁灭自我的冲动。他的世界里最不缺的就是激情、性爱、暴力和紧张情绪,它们是由爱和其他纵欲行为——酒精、恶癖、娼妓、复仇、憎恨、贪婪——在男男女女之间造成的。

正因如此,评论界很少提到博尔赫斯对奥内蒂产生的影响。实际上这种影响是本质性的,我这样讲丝毫不带夸张的成分,这与奥内蒂文学世界本身的特性有关。那个世界的最大特征——也是奥内蒂的非凡之作《短暂的生命》的支柱——正是那些对现实世界心生厌倦的人物向虚构世界圣玛利亚迁移的旅程。那种有时具有象征性质的旅程,在布劳森带着埃内斯托[①]逃到圣玛利亚时化为了实体,人物们从现实跳向了虚构(从真实跳入谎言)。后来,布劳森返回现实,许多虚构人物随着他一起从圣玛利亚来到了布宜诺斯艾利斯。

---

① 布劳森和埃内斯托均为《短暂的生命》中的人物,其中布劳森是男主人公,埃内斯托是杀死盖卡的凶手。

虚构借助某种魔幻或奇幻的行为渗透现实生活，这正是博尔赫斯作品的核心主题之一。他在那些非凡的短篇小说中以多样化的方式发展了这一主题。那些短篇小说最早出版于四十年代的布宜诺斯艾利斯，彼时奥内蒂恰好生活在阿根廷首都（他在一九四一年至一九五九年间住在那里）。尽管《岸边之人》——后来经过修改以《玫瑰角的汉子》为题收进了《恶棍列传》（1935）中——发表于一九三三年，可以最具原创性、最令人瞠目结舌的《特隆、乌克巴尔、第三星球》[1]为代表的那一批幻想小说都是在下一个十年中发表出来的，而且多发表于《南方》杂志和《民族报》上。发表在《南方》杂志上的有《特隆、乌克巴尔、第三星球》（1940年，第68期）、《环形废墟》（1940年，第75期）、《巴比伦彩票》（1941）、《赫伯特·奎因作品分析》（1941）、《死亡与指南针》（1942）、《通天塔图书馆》（1942）、《小径分岔的花园》（1942）、《秘密的奇迹》（1943）、《叛徒和英雄的主题》（1944）、《关于犹大的三种说法》（1944）、《阿莱夫》（1945）和《德意志安魂曲》（1946）；发表在《民族报》上的有《博闻强记的富内斯》（1942）和《凤凰教派》（1942）。第一部汇编

---

[1] 见56页注①。

成书的短篇小说集《小径分岔的花园》出版于一九四二年[①]，《虚构集》则出版于一九四四年（都是由《南方》杂志所属的出版社出版的），《阿莱夫》则是于一九五二年由洛萨达出版社出版的。

奥内蒂虽说与维多利亚·奥坎波及《南方》杂志作家群并无关联，可是据他本人所言，他是那份杂志及其所属出版社的图书的狂热读者。诚如奥内蒂为他的文学导师福克纳撰写的那篇文章所言，他正是在《南方》杂志出版社的玻璃橱窗中第一次发现那位美国作家的作品的。尽管他从来不是博尔赫斯的忠实追随者，后者还曾在某些方面激怒过他，可他确实深入阅读了博尔赫斯的作品，可能还在无意识中学到了一些东西。这位阿根廷作家帮助他发现了自己内心深处对文学的追求和渴望。《特隆、乌克巴尔、第三星球》讲述的故事是：一群知识渊博的人密谋创造一个世界，再秘密地把它插入现实世界中。这正是布劳森对圣玛利亚做的事情。《环形废墟》也有类似情节，故事里的魔法师施展神技，创造出一个人来，然后把他偷偷引入真实世界，然而他认为真实的那个世界实际上也是虚构出来的，是和他一样的另一位魔法师-创

[①] 此处疑有误，博尔赫斯第一部汇编成书的短篇小说集应为《恶棍列传》，初版于 1935 年。

造者的一场梦。

尽管圣玛利亚就是奥内蒂的特隆,然而奥内蒂可能从未意识到自己亏欠博尔赫斯的东西,因为尽管他饶有兴致地阅读博尔赫斯,却从不崇敬他。罗德里格斯·莫内加尔曾说过,他有一次试着引荐双方相识,可那场发生在布宜诺斯艾利斯佛罗里达街上某酒馆里的会面并不成功。一向阴郁的奥内蒂有些不善言谈,甚至用一个问题同时冒犯了博尔赫斯和东道主本人:"可是您二位觉得亨利·詹姆斯到底好在哪儿呢?"——要知道亨利·詹姆斯是博尔赫斯最喜欢的作家之一。①

在私人关系方面,不仅奥内蒂瞧不上博尔赫斯,后者也看不上前者。一九八一年,博尔赫斯担任西班牙塞万提斯文学奖评委,进入最终决选环节的作家是奥克塔维奥·帕斯和奥内蒂,博尔赫斯投了墨西哥作家一票。在接受鲁文·罗萨·阿吉雷维利采访时,博尔赫斯解释了他做出上述选择的原因。"您认为奥内蒂的作品有什么不足之处呢?""好吧,主要是我不感兴趣。写短篇小说或长篇小说就是要让人读着开

---

① 胡安·卡洛斯·奥内蒂,《作品全集》,埃米尔·罗德里格斯·莫内加尔所作《序言》,墨西哥,阿基拉尔出版社,1970年,第15—16页。——原注。

心的，如果不是这样的话……现在我认为赫拉尔多·迭戈替奥内蒂说的话有些过了。他说奥内蒂是用西班牙语进行写作实验的作家。我并不这么认为。事实是赫拉尔多·迭戈认为贡戈拉已经把文学能表达的东西都表达完了，所以他认为之后的文学作品如果还想有价值、变得重要，就只能在语言方面革新，这是种很荒唐的想法。就算赫拉尔多·迭戈认为使用让人肃然起敬的语言进行创作很重要，奥内蒂也并没有做到这一点。"[1] 我的感觉是博尔赫斯从来就没读过奥内蒂的作品，也许他对奥内蒂的唯一印象就是那场让人失望的布市酒馆会面以及当时乌拉圭作家的冒犯之语。

不过，尽管奥内蒂从未承认，甚至从未察觉，但是在他创造圣玛利亚的过程中，博尔赫斯起到了和福克纳或塞利纳一样重要的作用。另一方面，尽管在本质上有趋近性，博尔赫斯和奥内蒂的幻想世界终归有无数差异。奥内蒂的世界总是在掩饰自己的幻想特征，用充满细枝末节的现实主义风格把其中奇迹或魔幻的事物包裹起来——尽管这不可能实现。有别于博尔赫斯的短篇小说，奥内蒂笔下人物的衣着、外貌、习惯和言谈，以及各种情节事件都排斥炫目特征、特立独行、

---

[1] 鲁文·罗萨·阿吉雷维利，《博尔赫斯不为人知的一面》，《国家报》，蒙得维的亚，1981年5月10日，第12页。——原注。

异域风情、历史背景和离奇境遇，而趋向普通、日常、可预见性。因此，我们感觉奥内蒂的文学世界是现实主义的，与博尔赫斯的文学世界完全不同。毕竟，尽管初生时的圣玛利亚算得上是幻想的产物，可是圣玛利亚小镇中的一切——居民、平淡历史、风土人情、风光景色——都在竭力临摹最客观、最易辨识的真实现实。

马德里，二〇一八年

女人堆中的博尔赫斯

在一九三六年至一九三九年间，博尔赫斯负责《居家》杂志的外国作家及图书推荐版面，那是布宜诺斯艾利斯当地的一份周刊，面对的人群主要是家庭主妇和其他打理家务的人。埃米尔·罗德里格斯·莫内加尔和恩里克·萨塞里奥-加里把那些文章搜集整理成了一本厚重的选集，由图斯盖斯出版社于一九八六年出版，书名是《被俘的文章：〈居家〉杂志上的散文与书评（1936—1939）》。

我此前并不知道这本书的存在，不过我最近在马略卡岛读完了它，从某种意义上来说，那里也是刚刚在日内瓦完成学业的博尔赫斯文学之船扬帆起航的地方。他在这里写了几首先锋派诗歌，签署了一些宣言，和岛上的一些年轻诗人、作家混在一起。他在这里的知识界做了不少事情，但这一切似乎都和他后来的那些文学作品关系不大。不知为何，我一直以来的想法是，他为《居家》杂志写的那些文章和书评与他青年时期在马略卡岛上写的东西一样，都属于博尔赫斯的"文学史前史"，没有太大价值，只不过是他未来的那些天才作品的试验田。

可是那些文字比我想象的要丰富得多，这着实让我吓了一跳。我不知道这部选集在选择文章时（这个工作主要是由萨塞里奥-加里完成的，因为该书出版时罗德里格斯·莫内加尔已经去世了）是否剔除了所有纯介绍式的、意义不大的文章。可事实是这本选集的确十分精彩，它向我们表明作者在写下那些文字时已经有了自己的风格特点，而且十分博学、视野开阔，足以支撑他对诗歌、长篇小说、哲学、历史、宗教，以及经典作家、现代作家、各语种作品，绝对从容地抒发己见，而且他的观点经常具有十足的原创性。像博尔赫斯这样的撰稿人每周都在《居家》杂志上撰写睿智又严谨的世界文学分析文章，文字既优雅又承载着大量信息。那些文章可以满足那个时代的核心文化城市——例如巴黎、伦敦和纽约——最严格的出版物的要求。可是这些文章竟发表在了一份布宜诺斯艾利斯的刊物上，而且这份刊物的主要读者还是家庭主妇。这一方面表现出作者坚定的文学志向，另一方面自然也能证明那个时期阿根廷的文化氛围十分浓郁。

这些文章最奇怪的特点是：博尔赫斯总是会从头到尾完

整阅读他要为之撰写书评的图书，其中包括理查德·伯顿版的大部头《一千零一夜》译本，詹姆斯·乔治·弗雷泽写的关于原始神话的文章，福克纳、海明威、赫胥黎、H.G.威尔斯和弗吉尼亚·伍尔夫的长篇小说。博尔赫斯利用渊博的知识笃定地分析和评论了上述所有作品。在他无力理解某些作品时，例如詹姆斯·乔伊斯的《芬尼根的守灵夜》，他会大方承认，然后解释造成阅读失败的可能原因。这只是一份临时的工作，而且这些文字可能会流于表面或易被遗忘，那么博尔赫斯是否应付了事呢？完全没有。在以《文学生活》为题的那个版面中，甚至连时常出现、只有寥寥数语的脚注都能让人读着起劲，因为那些文字中充满戏谑、幽默和智慧。

与《居家》杂志合作期间，博尔赫斯已经出版了一部重要作品：《恶棍列传》，但他还没有写出他最伟大的、给他带来巨大声望的短篇小说、诗歌或散文。不过，他在评论自己阅读过的作品时，已经展现出了超凡的才华和广阔的视野。这种视野涉及文化、人类境遇、虚构创作的艺术，为那些文章打下了共同的基础，成为某个紧密整体的组成部分。那些文章表现出的第一个引人注意的特点就是作者广泛的好奇心，正是这种好奇心在指引他阅读。这位读者是一位世界公民，他可以流畅地用法语阅读保尔·瓦莱里，用意大利语阅读贝内德托·克罗齐，用德语阅读阿尔弗雷德·德布林，用英语阅读T.S.艾略特。第二个特点是博尔赫斯行文的简洁性及其文字强大的说服力，在他的文字中，思想和词语占比一样重，他一直坚持摒弃那些非必要的信息。据说，雷蒙多·利达[①]在哈佛大学授课时，总会提醒他的学生们："形容词被发明出来就是为了让人们不要使用它的。"博尔赫斯以善于运用副词和形容词著称（"在那如常的夜晚，没人看到他上岸"[②]），可也正因如此，他不会滥用它们，它们总是突然出现在他的句子中，赋予那些句子异常的特征，它们承载着某种思想，为情节事件打开出人意料的维度，翻转或扰乱此前的叙述方向。这些短评、书评或微型传记的丰富性就在于文字的精确程度：遣词造句从来不多也不少，那种自足性可以和写得最好的诗歌和小说媲美。

有时，博尔赫斯只用寥寥数语就能对一位作家的全部厚重作品做出评价，例如塞缪尔·泰勒·柯勒律治："这部密度很大的诗集超过五百页；在这些杂乱的文字中只有一首能够流传下去（不过可以流芳百世），就是那首神秘的《古舟子

---

① 雷蒙多·利达（Raimundo Lida, 1908—1979），阿根廷文字学家、语言哲学家。
② 出自《环形废墟》。

咏》。其他诗歌的确不忍卒读。他的数卷散文集也是同样情况——混乱不堪，都是些脾性本能、陈词滥调、巧言诡辩、天真道德和愚蠢剽窃。"这些言辞十分苛刻，甚至可以说是有欠公允。但毫无疑问，那个说出这些话的人清楚自己说了些什么，也明白自己为什么要这样说。

有时，真正精彩的描写会出现在一些带有传记性质的文字中，例如博尔赫斯对历史学家里顿·斯特拉奇的简短外貌描写："他高大消瘦，几乎可以用抽象来形容，精致的面孔隐藏在闪烁的镜片和拉比式的大红胡子之后。他的嗓音沙哑，这倒使他显得更加谦虚了。"赞扬之后紧跟着致命一击，这种写法在《被俘的文章》中并不罕见，例如在下面这句话中，博尔赫斯先是夸赞了利翁·福伊希特万格[①]的两部小说《犹太人徐斯》和《丑陋的女公爵》，然后这样补充道："它们都是历史小说，却没有艰涩难懂的仿古文风和令人窒息的物事堆叠，正是这些因素让这种小说变得难以忍受。"

那本杂志的读者不是文学领域的专业人士，大部分人也没有足够的知识储备来理解这些文章中的观点、赞誉或劝告的价值，然而博尔赫斯在写作这些零散的文章时并没有半分

[①] 利翁·福伊希特万格（Lion Feuchtwanger, 1884—1958），德国小说家、剧作家。

偷懒，就好像他的写作对象是世界上最高雅、精细的读者，他默认所有读者都明白他想要表达的意思，都有能力对他的观点表示认可或反对。尽管如此，我们在这些书页中丝毫感受不到傲慢自大或卖弄学问之类的东西，它们与那些透着无知和虚荣的妄语毫不沾边。这些文章尽管十分短小，可作者的确是在用心写作，他仿佛脱掉了所有外衣，把自己内心深处的癖好、憎恶、喜爱和渴望都展示了出来。文章里出现了许多他无比推崇的作家作品，他会在之后的作品中无数次提及他们，例如叔本华、切斯特顿、史蒂文森、吉卜林、爱伦·坡、《一千零一夜》等。他也在文字中表现了自己对侦探小说的热爱。他为诸多侦探小说作家写了文章，例如切斯特顿、埃勒里·奎因、多萝西·L.塞耶斯和乔治·西默农。一些在他的虚构作品和散文中反复出现的主题，例如时间和永恒，也被他用来描述J.B.普里斯特利的戏剧《时间和康威一家》和J.W.邓恩的《时间试验》，他后来还特意为后者撰写了一篇长文。东方文学一向能激发博尔赫斯的想象，在这本书里自然也不会缺席。博尔赫斯评论了多部中国文学作品，如《水浒传》和一部由艾伯华选编的幻想和民间故事集。另外他还评论了日本文学名著——紫式部的《源氏物语》。

《被俘的文章：〈居家〉杂志上的散文与书评（1936—

1939）》为我们展现了一幅无与伦比的三十年代末西方世界的文学状况全景图。那是文学创作迅速发展的时代，而且体现在了所有文体上，艾略特、乔伊斯、布勒东、福克纳、伍尔夫、托马斯·曼等人进行了种种文学形式上的实验。人们审视着经典时代和当下时代，社会、政治、文化方面的诸多争议事件在两个时代之间划出了分界线。有趣的是，为那些年里的文学思想、形式和创作留下最敏锐证词的，竟然是一位来自边缘地区的内向（此后也依然如此）作家，而且那些证词都被留在了一份可供家庭主妇们调剂乏味日常生活的周刊上面。

马略卡，二〇一一年八月

气球之旅

我本以为自己已经读完了博尔赫斯的所有作品——有的甚至还读过许多遍，可不久之前我在一个打折书店里发现了一本我没有读过的博氏作品：《地图集》，是他与玛利亚·儿玉合作写成的，一九八四年由南美出版社出版。这是一本由照片和旅行笔记组成的书，封面是他俩在加利福尼亚纳帕谷葡萄园乘气球观光时拍的照片。

这些配有照片的旅行笔记，大部分都是在出版前的两三年里创作的。它们都篇幅短小，先靠作家记忆，后讲述，再由儿玉记录。博尔赫斯在生命的最后一段时期也是以这种方式写诗的。这些旅行笔记大都准确而睿智，随处可见文学引用，其中蕴藏的智慧、讽刺和文化涉及面十分广阔，和作家还有拍摄照片的那位女士在那个时期走访的土地一样广阔。他们的足迹踏遍三个或四个大洲（他们不停地上下飞机、火车和轮船）。旅行笔记中还出现了生命的喜悦、兴奋和欢愉——这些在博尔赫斯的作品中绝对不常见。这是由一个坠入爱河的男人写下的文字。他写这些旅行笔记时年龄已在八十三岁到八十五岁之间,而且双目失明数十年了。他没有办法用自己的眼睛观察那些地方:他只能用想象力弥补视力上的缺陷。

没人会在意写下这些文字的是一个双目失明的八旬老人,因为文中处处透着朝气蓬勃的激情,这种激情也渗透了一切他触碰或踩踏的东西中。这位作者就像个小青年,喜爱的姑娘刚刚同意和他交往,于是他的语气中充满畅快和欢乐。这种状况的合理解释是:博尔赫斯在教授英语和北欧语言时,他那瘦弱、谦逊又神秘的学生,日裔阿根廷人玛利亚·儿玉最终接受了他的示爱。毫无疑问,这位老年作家一生中第一次体验到了真正的爱情的滋味。

谈论这些似乎显得有些八卦,可事实并非如此;我读过四部博尔赫斯传记(作者分别是罗德里格斯·莫内加尔、玛利亚·埃斯特尔·巴斯克斯、奥拉西奥·萨拉斯和埃德温·威廉森,最后一部无疑是最全面的),我发现博尔赫斯的情感生活完全是灾难,经历过一次又一次失望。他尤其喜爱有文化的、聪颖的女性,例如诺拉·兰赫和她的姐妹艾德,此外还有埃斯特拉·坎托、塞西莉亚·因赫涅罗斯、玛格丽塔·格雷罗等。然而她们都只是把他当成朋友，甚至没觉察到他的爱意。她们总是和他保持距离，或早或晚都会离他而去。只有埃斯特拉·坎托曾准备让二者的关系得到进一步发展，可那一次博尔赫斯最终选择了逃避。有人说，正是爱情中若即若离的游戏吸引了他：故作姿态，却从未有结果。只是到了生命中的最后时日，由于玛利亚·儿玉的出现，他才终于获得了一段稳定、亲密、具体的情感关系，而且双方在思想上也能互相理解，这使得博尔赫斯发现了他一直未曾察觉的生活的另一副面孔。在此之前，他一直把自己封闭在私人化的小天地中。

他曾这样写道："我读过许多东西，自己经历过的却很少。"哪怕他没说过这样的话，我们也能从他那些迷人、睿智、充分体现作者丰富学识的短篇小说和散文中察觉到这样的事实。可是那些作品极度缺乏生命的气息，活跃在其中的人物似乎更像某种抽象概念、象征物或比喻物。让那个世界丰富起来的是思想和幻想，在那里，感觉、情感和所有情绪的表现形式几乎都被剔除了；如果说爱情曾经在那里出现过的话，那也只是文学之爱、思想之爱，而且几乎总是无性之爱。

造成这种情感缺失的原因可能有很多。威廉森特别强调了某事件给博尔赫斯带来的心理创伤：博尔赫斯的父亲为了让他了解男女之事，曾在日内瓦把他带到一个妓女身边。当时博尔赫斯十九岁，可是那次性体验最后以失败告终，那位传记作者认为，那次经历给他的未来生活造成了严重的不良影响。从那时开始，所有与性有关的事情都会让他感到不安、危险和费解，他在写作时也始终与之保持距离。在他的短篇小说和诗歌中，性的缺席绝对要多于在场，哪怕偶有露面，也总是伴着某种焦虑甚至是恐惧（"镜子和交媾令人生厌，因为它们都会使人类数量倍增"[1]）。只有从《地图册》(1984)和诗集《密谋》(1985)（"这本书属于你，玛利亚·儿玉""这本书中的一切永远都归你所有"[2]）开始，肉体之爱才以让人欢愉的样貌出现，成为可以丰富生活的因素。

　　心理分析师有了一份绝佳的素材——当然关于博尔赫斯的心理分析作品已经层出不穷了。他们可以分析博尔赫斯和他的母亲之间的关系，那位出身显赫、令人畏惧的莱奥诺尔·阿塞维多太太——正如与博尔赫斯未能修成正果的埃斯特拉·坎托在某本博氏传记中所言——总是严格管控自己儿子的情感生活，只要她不满意，她就会粗暴地打断博尔赫斯

---

[1] 出自《特隆、乌克巴尔、第三星球》。
[2] 出自《密谋》的题词。

和那些女人的关系。这位不近人情的母亲甚至干预过自己那受人尊敬的儿子的性生活。一九六七年,莱奥诺尔太太是促成博尔赫斯与艾尔莎·阿斯特特·米莉安缔结婚约的决定性人物,那场婚姻只持续了三年,而且博尔赫斯自始至终感到的都只有痛苦折磨。他甚至像一首探戈舞曲唱的那样,最终从他的妻子身边逃走了。

在他生命中的最后时期,由于玛利亚·儿玉的出现,一切都改变了。博尔赫斯的许多亲朋好友都抨击她,指责她是为了利益才和博尔赫斯在一起的。这么说太不公平了!我认为正是由于她的存在(只要读读《地图册》就行了,这是他们爱情的最佳见证),年过八旬的博尔赫斯才能度过五彩斑斓的数年光阴,才能不仅从书籍、诗歌和思想中获得快乐,也能从一位年轻、美丽又优雅的女人身上感受满足。他可以与她分享一切令他激动的事物。此外,她还帮助他发现,生活和情感可以像芝诺悖论、叔本华的哲学、雷蒙·卢尔的思考装置或威廉·布莱克的诗歌一样让他心潮澎湃。如果他没有体验过《地图册》中记录的奇妙旅行的话,他永远都不会写出这样的旅行笔记。

那些旅行美妙又奇特,例如他们会在凌晨四点起床登上气球,在云朵中穿行一个半小时,气球被加利福尼亚的气流抚动，他们身前没有任何遮挡物，却也什么都看不清。再或者他们会穿越半个地球前往埃及，捧起一抔黄沙，任由其散落到稍远处，作家由此写道："我正在改变撒哈拉沙漠。"两人从爱尔兰到威尼斯，从雅典到日内瓦，从智利到德国，从伊斯坦布尔到奈良，从雷克雅未克到德亚①，他们来到克里特岛上的迷宫，除了在那里回想牛头人弥诺陶洛斯之外，作家还有幸迷失在了这座迷宫中。这段经历帮助博尔赫斯又一次提到了他身边的那位女士："有多少代人就像那天早晨的玛利亚·儿玉和我一样迷失在了那座石头堆砌成的迷网中，我们依旧迷失，迷失在时间里，那是另一座迷宫。"游览老虎洲群岛时，两人来到了莱奥波尔多·卢贡内斯自杀身亡的那座岛屿，博尔赫斯回忆说："命运是种又甜又苦的忧郁，伴着它，万事万物都会把我指引到某段引文或某本图书上去。"在那以前，这句话是千真万确的。可是在他生命中最后的时光里，那些令他以剧烈而疯狂的姿态去做、去碰、去想的事物，除了把他引向文学之外，还在把他引向那位年轻的伴侣。来到死亡的门槛时，伟大的文学巨匠们创造的那个丰富的世界使他的内心充满了活力、甜蜜、快乐，甚至激情。

---

① 西班牙马略卡岛上的小镇。

不久之后，一九八六年，在日内瓦，博尔赫斯病情严重，他感到自己将不久于人世，他对玛利亚·儿玉说：不管怎样，人在肉体消亡之后还会去往另一个世界，这并非毫无可能。玛利亚·儿玉是个很讲求实际的女人，她问他想不想让她请一位神父过来。他点了点头，但是加了个条件：要请两个人来，一个是天主教神父，这是为了纪念他的母亲，另一个则是新教牧师，这是为了向他那位来自英国、加入过圣公会的祖母致敬。直到弥留之际，文学与幽默也依然围绕在他身边。

巴黎，二〇一四年九月

译后记

1942年，评委会将该年度阿根廷国家文学奖颁发给了作家阿塞维多·迪亚兹（Acevedo Díaz），而非前一年刚刚出版《小径分岔的花园》的豪尔赫·路易斯·博尔赫斯。评委会给出的理由是："博尔赫斯写的是非人性的文学，充斥着专横的智力游戏。评委会认为不宜在此时将我国最重要的文学奖颁发给这种充满异域情调的堕落作品，就像是对某些偏离正途的英国近现代文学作品的回应，博尔赫斯的作品总是在幻想故事、侦探故事和炫耀学识之间摇摆。"那一年，巴尔加斯·略萨只有六岁。

十二年后，略萨进入圣马科斯大学学习，同时加入了地下党组织"卡魏德"，与奥德里亚将军独裁政府做斗争。这一时期的略萨在文学上奉萨特为导师，坚信文学应当有战斗性，应当积极介入并影响现实。博尔赫斯与萨特的文学道路南辕北辙，因此略萨长期对博尔赫斯的作品嗤之以鼻，并时常与他的好友兼同学、博尔赫斯的"头号书迷"路易斯·洛艾萨，就萨特与博尔赫斯孰优孰劣的问题争执不休。实际上，由此获得了"勇敢的小萨特"绰号的略萨却始终在偷偷阅读博尔赫斯的作品，他发现自己在那些文字面前毫无抵抗力，他完全被吸引了。

2020年，《略萨谈博尔赫斯：与博尔赫斯在一起的半个世纪》在西班牙出版，其中收录了略萨对博尔赫斯的评论与访谈文章，甚至还包含一首诗歌。这些文字见证了略萨对博尔赫斯态度的转变，也记录了前者对后者的思考与理解。如今的略萨早已抛下了曾经的导师萨特。表面看上去，他在与路易斯·洛艾萨的争论中败北了，但实际上这种自我修正恰恰代表了成功，意味着略萨在文学理念上迈出了大大的一步，而1942年阿根廷国家文学奖的评委们则永远失去了修正自己决定的机会，他们成了真正的"失败者"。

在我国，略萨主要是以小说家的身份为读者熟知的，然而在西班牙语世界，除了小说家之外，略萨还有多重同样重要的身份。他曾涉足政坛，参加过秘鲁总统大选；他的报刊文章和戏剧作品写得同样十分精彩；此外，略萨在文学评论领域不仅著作数量多，而且内容质量高。除了眼光专业外，略萨身上还有许多帮助他成为优秀文学评论家的特质，"不断修正自我"就是其中之一,略萨评写博尔赫斯也就成了这一特质的绝佳体现。此外,略萨评价文学作品时一向以"文学性"为首要参照标准,很少考虑其他非文学因素可能带来的影响,他于二十世纪七十年代初写成的《略萨谈马尔克斯:弑神者的历史》被认为是"一部里程碑式的著作,直到现在为止,没有任何一部研究那位哥伦比亚诺贝尔文学奖得主的著作能超越它"①。在文人相轻之风盛行的文坛,"更常见的是同行之间在背后捅刀子"②,写大部头专著盛赞与自己同时代作家的"慷慨"举动就更为罕见了。此外,略萨在评价文学作品时还排斥随波逐流、人云亦云的做法,始终保持自己的思考和判断。同样是略萨在读大学期间,在一堂西班牙文学课上,授课教师在讲述西班牙骑士小说时一笔带过,认为那些小说"毫无价值"。"难道那些流行如此之久的作品真的毫无价值吗?"带着这个疑问,略萨一头扎进图书馆,开始一本接一本地读起了骑士小说。他最喜爱的作品是《骑士蒂朗》,认为这是一部文学价值极高的巨著,于是在他来到西班牙、发

---

① 摘自《巴尔加斯·略萨:写作之癖》([西]J.J.马塞洛著)。
② 摘自《从马尔克斯到略萨:回溯"文学爆炸"》,[西]安赫尔·埃斯特万、安娜·加列戈·奎尼亚斯著,侯健译,生活·读书·新知三联书店,2021年,第120页。

现《骑士蒂朗》早已被西班牙读者遗忘之时，他用自己的文字宣传起了那部骑士小说。在他的努力下，这本小说最终得以重获关注，甚至在多年之后有了中译本，而略萨评论它的文字也以《为骑士蒂朗下战书》为名结集出版。用文学评论的方式来拯救一本图书，这大概是评论家能完成的最伟大的壮举之一了。

略萨曾表示，"他在写文学批评类作品时，能感到自己对笔下的文字有十足的掌控力，他有把握自己写出来的东西可以真正反映出他的想法和信仰，相反，他在写小说或是戏剧的时候就没有那种十足的掌控力，或者说那种根本性的掌控力会弱很多"。[1] 也就是说，略萨的文学批评并非兴之所至、肆意为之，而是缜密思考的产物。略萨重视小说的内容，认为"现实世界比起小说家编造的生活不知要庸俗多少。优秀的文学鼓励这种对现实世界的焦虑，在特定的环境里也可能转化为面向政权、制度或者既定信仰的反抗精神"[2]，但他同样重视形式，认为"形式就是让虚构凝结在具体作品中的东西"，而"与文学

---

[1] ［西］安赫尔·埃斯特万、安娜·加列戈·奎尼亚斯：《从马尔克斯到略萨：回溯"文学爆炸"》，侯健译，生活·读书·新知三联书店，2021年，第398页。

[2] ［秘鲁］马里奥·巴尔加斯·略萨：《给青年小说家的信》，赵德明译，上海文艺出版社，2015年，第9页。

形式相比，主题的分量要小得多"①。因此，略萨在《略萨谈马尔克斯：弑神者的历史》《永远的纵欲：福楼拜与〈包法利夫人〉》《古老的乌托邦：何塞·玛利亚·阿格达斯与原住民主义文学》《给青年小说家的信》《不可能的诱惑：雨果与〈悲惨世界〉》《虚构之旅：胡安·卡洛斯·奥内蒂的文学世界》等评论作品中论及的如"连通器法""中国式套盒法""质的飞跃""人的物化/物的人化"等写作技巧，就成了我们理解略萨本人的文学创作乃至现代小说写作的重要途径。

我们可以发现，上文提及的著作所论述的作家（马尔克斯、福楼拜、雨果、奥内蒂等）均与略萨在文学思想上有诸多相似之处，他们的写作都以现实主义为根基，可博尔赫斯则不同，他那充满幻想的文学世界与略萨的文学天地截然不同，然而这并不妨碍略萨尊敬他、推崇他。在笔者于2019年对略萨进行的专访中，他曾这样评价博尔赫斯：

"博尔赫斯是个伟大的作家。我认为博尔赫斯可能是用我们这门语言写作的现当代作家中唯一一位可以和那些经典作家媲美的：克维多（Francisco Quevedo）、贡戈拉（Luis de

---

① ［秘鲁］马里奥·巴尔加斯·略萨：《给青年小说家的信》，赵德明译，上海文艺出版社，2015年，第19—21页。

Góngora）、塞万提斯（Miguel de Cervantes Saavedra）……他是杰出的散文家。他革新了西班牙语，赋予了它细腻和精确，博尔赫斯出现之前的西班牙语并不经常具备这两种特点。此外，博尔赫斯的文学世界是极具原创性的，非常丰富多彩，和其他所有拉丁美洲作家的文学世界都不一样。这么说吧，如果我们这个时代只能有一个作家的作品流传到后世的话，我认为很可能是博尔赫斯。"①

可是当笔者询问他是否有朝一日会出版关于博尔赫斯和福克纳的文学评论作品时，略萨却给出了否定的回答："这不在我的写作计划之中。我已经写过许多关于福克纳和博尔赫斯的文章了。"②然而《略萨谈博尔赫斯：与博尔赫斯在一起的半个世纪》于次年6月即告出版。③是略萨撒了谎吗？并非如

---

① 《从马尔克斯到略萨：回溯"文学爆炸"》，第399—400页。
② 同上书，第399页。
③ 笔者对略萨的专访中文版收录于《从马尔克斯到略萨：回溯"文学爆炸"》一书，西文版则发表于西班牙 Guaraguao 杂志第66—67期中，该期杂志的编辑在略萨对上述问题的回答后加了一条注释，特意指出了《略萨谈博尔赫斯：与博尔赫斯在一起的半个世纪》于次年出版的事实，笔者在看到该注释时先是有种"被打脸"的错愕感，不过立刻就觉得有趣了：文学的世界里本就充满偶然性，略萨不仅"打了打"笔者的脸，也反手（注意，是同一只手）"打了打"自己的脸。

此。只不过彼时的略萨并未发现自己在逾半世纪的时间里已经写出了太多关于博尔赫斯的有价值的东西了，它们早就足以结集出现在读者面前了，这种价值不止体现在对博尔赫斯文学作品的解析和解读上，而是更多体现在两位大师之间的"对话"上，体现在两代拉美作家（而且是两代拉美作家中的代表人物）的"交流"与"传承"上，也许从这样的角度出发，我们能更好地理解这本小书的意义。

译　者

2022年3月于西安外国语大学

文章来源

《博尔赫斯访谈》("Preguntas a Borges"),巴黎,1964年11月。另见《秘鲁快报》(*Expreso*),利马,1964年11月29日。

《家中的博尔赫斯》(文章及访谈)("Borges en su casa"),利马,1981年6月,《百态》(*Caretas*)第655期,利马,1981年7月6日;《巴西日报》(*Jornal do Brasil*),里约热内卢,1981年8月17日;《民族报》(*La Nación*),布宜诺斯艾利斯,1981年8月23日;《一加一报》(周六副刊)(*Unomásuno*, suplemento *Sábato*),墨西哥城,1982年1月9日。

《博尔赫斯的虚构》("Las ficciones de Borges"),马尔韦利亚,1987年10月,以及伦敦,1987年10月。本文原为英文演讲稿,题为"The Fictions of Borges",发表于1987年10月28日,伦敦盎格鲁-阿根廷协会主办的第5届豪尔赫·路易斯·博尔赫斯阅读年会;另发表于科罗拉多大学巨石城分校西班牙葡萄牙语系特邀讲座系列第5期,1988年春;《第三世界季刊》(*Third World Quarterly*)第10卷第3期，伦敦，1988年7月，题为"The Fictions of Borges"；《信使报》(*El Mercurio*)，圣地亚哥，1989年6月11日；《一位作家的真实》(*A Writer's Reality*)，锡拉库萨，锡拉库萨大学出版社（Syracuse University Press），1990年，第1—19页，题为"An Invitation to Borges Fiction"；《顶风破浪 III》(*Contra viento y marea，III*)，巴塞罗那，塞伊斯巴拉尔出版社（Seix Barral），1990年，第463—476页。

《博尔赫斯在巴黎》("Borges en París")，伦敦，1999年6月。另见《国家报》(*El País*)，马德里，1999年6月6日；《百态》(*Caretas*)，利马，1999年6月10日。

《博尔赫斯与政治》("Borges, político")，华盛顿，1999年10月。另见《自由文学》(*Letras Libres*)，第1年第11期，墨西哥城，1999年11月；法语版见《赫尔内》(*L'Herne*)，巴黎，2003年，第93—97页，作者马里奥·巴尔加斯·略萨（Mario Vargas Llosa），法语译者贝尔蒂耶·豪斯伯格（Bertille Hausberg），题为"Borges et la politique"。

《奥内蒂与博尔赫斯》("Onetti y Borges")，摘自文学评论作品《虚构之旅：胡安·卡洛斯·奥内蒂的世界》(*El viaje a la ficción: El mundo de Juan Carlos Onetti*)，马德里，丰泉出

版社（Alfaguara），2008年，第102—107页。

《女人堆中的博尔赫斯》（"Borges entre señoras"），马略卡，2011年8月。原载《国家报》（*El País*）马德里，2011年8月14日。

《气球之旅》（"El viaje en globo"），巴黎，2014年9月。原载《国家报》（*El País*），马德里，2014年10月5日。